KB267890

Lord of
MAGIC
TOWER

마탑의 영주

FUSION FANTASTIC STORY

유왕 퓨전 판타지 소설

마탑의 영주 5

유왕 퓨전 판타지 소설

초판 1쇄 찍은 날 § 2012년 8월 22일
초판 1쇄 펴낸 날 § 2012년 8월 27일

지은이 § 유왕
펴낸이 § 서경석

편집부장 § 권태완
편집책임 § 어정원
디자인 § 이혜정

펴낸곳 § 도서출판 청어람
등록번호 § 제1081-1-89호
등록일자 § 1999. 5. 31
어람번호 § 제1-1443호

주소 § 경기도 부천시 원미구 심곡2동 163-2 서경B/D 3F (우) 420—822
전화 § 032-656-4452 팩스 § 032-656-4453
http://www.chungeoram.com
E-mail § chungeorambook@daum.net

ⓒ 유왕, 2012

ISBN 978-89-251-2975-4 04810
ISBN 978-89-251-2860-3 (세트)

5

[완결]

Lord of MAGIC TOWER

마탑의 영주

FUSION FANTASTIC STORY

유왕 퓨전 판타지 소설

도서출판 청어람

CONTENTS

Chapter 01
그라엠 후작과의 싸움

마탑의 영주

어마어마한 살기가 어깨를 짓눌렀다.

오러를 담은, 유형의 살기였다.

그라엠 후작은 예상과는 달리 평범한 마스터가 아니었다. 지금까지 겪은 마스터를 훨씬 뛰어넘는 강자였다.

'큰일났군.'

어깨가 무겁고 공포가 들었다.

꿀꺽—

바싹 마른침이 목구멍을 타고 넘어갔다. 그만큼 긴장한 것이다.

‘이길 수 있을까?’

이성적으로 판단을 해보았다.

먼저 상대가 지금까지 만난 이들과 같은 보통 마스터였을 경우.

그 경우는 반드시 이길 수 있었다.

‘그라엠 후작은…….’

정확한 실력을 알지 못한다.

그렇기에 판단을 내리기 어려웠다.

“뭘 그리 골똘히 생각하나?”

그라엠 후작의 음성에 카르는 좀 더 정신을 번쩍 차렸다.

조금이라도 방심하면 그대로 죽는다. 그 경고가 카르의 뇌리를 강타했다.

후웅―

그라엠 후작의 검이 허공을 베었다.

카르와의 거리가 꽤 되는데도 말이다.

하지만 그 검은 너무나도 자연스럽게 거리를 격하고 카르를 향해 날아왔다.

쉬이익―!

콰직―!

섬전과도 같은 검격이 카르가 있던 자리를 베었다. 기사들의 휴식을 위해 만들어진 의자가 순식간에 반으로 갈라졌다.

곧 카르의 신형이 그라엠 후작의 뒤에서 나타났다.

"호오, 공간 이동인가?"

화륵—

거대한 불의 구가 그라엠 후작의 주위를 감쌌다. 고온의 불은 당장에라도 그라엠 후작을 태워버릴 것처럼 이글거렸다.

펼쳐져 있던 카르의 손이 꽉 쥐어졌다. 그것을 따라 여러 개체의 불의 구가 그라엠 후작을 덮쳤다.

콰쾅—!

거대한 폭발이 일었다. 그리 수준이 낮은 마법도 아니거니와 이렇게 정면으로 맞는다면 마스터라고 하더라도 무사하지만은 못할 것이었다.

슈슉—

카르는 주위에서 느껴지는 섬뜩한 느낌에 서둘러 마법을 시전했다.

또 다시 한 번, 블링크 마법으로 몸을 피한 것이다.

콰콰콰—!

거대한 검압이 방금 전 카르가 있던 자리에서 쏘아졌다. 그 자리에는 득의양양한 표정의 그라엠 후작이 서 있었다.

"공간 이동이라면 나 또한 할 줄 알지."

"어떻게……."

카르가 놀란 표정을 지었다.

마법사가 아닌 검사가 공간 이동을 한다?

도서관에는 검사에 대한 책 역시 많았지만, 그런 이야기는 없었다. 마법사의 상식을 벗어났다.

'저자, 마법을 배운 건가?'

아니, 그렇게 보이지는 않았다.

'그렇다면 어떻게?'

카르의 표정에 떠오른 의문을 읽은 그라엠 후작이 여유만만한 표정으로 검을 흔들었다.

"뭘 그리 놀라고 그러나? 자네 역시 할 줄 아는 것 아닌가?"

"당신은… 검사가 아닙니까?"

"그렇지. 대륙 제일의 검이지."

오만한 말이다.

하지만 감히 그 말에 반박할 수 없다.

사실이 그러했다.

"검사는… 높은 경지에 이르면 그런 것도 가능합니까?"

"그래. 그리고… 이런 것도 가능하네."

후웅―

그라엠 후작의 검이 허공을 갈랐다.

이전과는 달리, 검격이나 검압과 같은 위험한 것이 쏟아지지는 않았다.

하지만 카르의 머리가 경종을 울렸다.

지금 그라엠 후작이 펼치는 한 수는 검격이나 검압 따위의 것보다 훨씬 위험하다고.

그것을 느낀 카르가 서둘러 몸을 피했다.

쩌억—!

공간이 갈라지며 듣기 거북한 소리를 만들었다.

거대한 아가리처럼 벌어진 공간은 마치 소용돌이처럼 주위의 공기를 먹어치웠다.

옆으로 몸을 굴려 공간 절단을 피한 카르의 눈이 화등잔만하게 떠졌다.

"저, 저건……?"

아모스 공작이 마지막에 펼친 공격과 같다.

공간을 베는 검.

아모스 공작의 것보다 훨씬 작고 초라했지만, 아모스 공작은 저것을 한 번 보이고 모든 힘을 소진했다.

하지만 그라엠 후작은 전혀 그렇지 않았다. 별다른 힘을 들이지 않은 듯 무척 여유로웠다.

"공간 이동과 공간 절단이라……."

기가 찼다.

하나는 마법사들만이 가진 특권이라 생각했던 것이고 하나는 마법사들조차 하지 못하는 미지의 힘이었다.

“미치겠군.”

스륵—

카르의 손이 높게 들렸다.

또 다른 마법을 준비하는 것이다.

스스스—

그라엠 후작의 신형이 다시 한 번 사라졌다.

공간 이동.

그 몸이 정확히 카르의 뒤에서 나타났다.

“반응이 느리군.”

그라엠 후작의 검이 카르의 등을 노렸다. 정확히 심장을 노리고 있는 검은 그대로 쏘아지기만 하면 싸움이 끝날 것만 같았다.

하지만 그라엠 후작은 검을 찌를 수 없었다.

그보다 한발 앞서 몸을 피해야 했기 때문이다.

쐐애애애액—

그라엠 후작이 서 있던 자리에서 수많은 검은 칼날이 쏘아져 나왔다.

몸을 피하지 않았다면 온몸이 난도질되었을지도 모를 공격이었다. 서둘러 몸을 피한 그라엠 후작이 눈을 찡그렸다.

“뭐지?”

“제 그림자입니다.”

우우웅―

카르의 주위로 마나가 거세게 요동쳤다.

"다크니스(darkness)."

화악―

연무장이 검게 물들었다.

사방에 어둠이 드리웠다. 카르와 그라엠 후작이 서로를 볼 수 없을 정도였다.

물론 카르는 마법을 사용한 당사자이기에 마법의 영향을 받지 않았다. 그라엠 후작 역시 눈에 오러를 집중하면 카르를 볼 수 있었다.

하지만 카르가 의도한 바는 단순히 시야를 가리고자 함이 아니었다.

"이건 또 뭐하는 수작이지?"

그라엠 후작이 눈을 찡그렸다.

주위를 잠식하고 있는 이 어두운 공간.

이것이 단순히 시야를 가리는 것만이 아님을 그 역시 알 수 있었다.

'감각을 무뎌지게 만들다니… 골치 아픈 짓거리를 하는군.'

수준 높은 검사는 단순히 눈으로만 싸우지 않는다. 그라엠 후작과 같은 경우 눈이란 단지 싸움에 있어 일부일 뿐이다.

눈을 감고도 얼마든지 싸울 수 있다. 시각을 제외하고도 기감은 여전히 열려 있었고 직감 역시 살아 있었다.

하지만 이 공간은 오감을 비롯한 모든 감각을 무뎌지게 만들었다.

"재미있는 짓거리를 하는구나, 마법사."

그라엠 후작이 카르를 향해 또 다시 검을 움직였다.

쩌적—

또 다시 공간이 벌어졌다. 카르는 마법을 이용해 하늘 위로 떠올라 공간 절단을 피해냈다.

'위협적이긴 하지만, 피하지 못할 정도는 아니다.'

쐐애액—!

어느새 뒤로 돌아온 그라엠 후작이 카르를 향해 검을 내려 쳤다.

쩌엉—!

거대한 굉음과 함께 그라엠 후작의 검이 허공에서 멈췄다. 카르의 등 뒤로 절대의 방패가 펼쳐진 것이다.

'공간 이동도 어디로 이동할지만 알면 큰 문제는 아니고.'

카르에게는 도서관을 통해 얻은 신의 지식이 있었다.

하나는 미래를 내다보는 예지의 힘이었고, 하나는 상대의 마음을 읽는 독심술이었다.

물론 양쪽 모두 초능의 힘이라고 하기에는 무리가 있었다.

예지와 독심술 모두 정보와 지식을 토대로 철저한 계산을 통해 이루어지기 때문이다.

하지만 그것만으로도 충분했다.

카르는 그라엠 후작의 성격과 싸움의 흐름을 읽어 그라엠 후작의 다음 수를 내다봤다.

어느 공간을 절단할지 알 수 있고, 어디로 이동할지 알 수 있었다.

그렇기에 큰 문제가 아니었다.

문제는…….

쩌저적─

카앙─!

마법으로 만든 절대의 방패가 깨어졌다.

그라엠 후작의 검에는 미세한 오러가 씌워져 있을 뿐이었다.

그런데도 방패가 그리 오래 버티지 못하게 깨어진 것이다.

방패가 견디는 사이 카르는 멀리 떨어진 곳으로 몸을 피했다.

'역시. 엄청 강해.'

그라엠 후작의 검은 빠르고 검의 위력 역시 강했다.

어지간한 마법은 모두 공간 이동으로 피해버리고 공간 절단으로 베어버린다.

힘과 속도, 공간 절단과 이동이라는 괴물 같은 능력.

이 모두가 그라엠 후작이 강한 이유였다.

"미치겠군."

솔직히 이길 수 있을 거라는 생각이 들지 않았다.

피할 수는 있지만, 딱 거기까지.

계속해서 이런 식으로 피하다 보면 결국에는 자신의 마나가 바닥날 것이다.

'방법은 하나인가?'

카르의 눈이 어둠 속을 훑었다.

'그림자를 적극적으로 활용하는 것.'

촤촤촤악─!

그라엠 후작을 향해 어둠 속에서 수많은 가시가 쏘아졌다.

픽─

수많은 가시를 피하던 그라엠 후작의 뺨을 타고 가느다란 혈선이 그어졌다. 반응이 살짝 느린 것이다.

"귀찮은 녀석……."

쾅─!

칼질 한 번에 어둠 속에서 그라엠 후작을 노리던 그림자의 몸이 날아갔다.

하지만 그렇다고 그림자가 죽거나 사라진 것은 아니었다.

조금 더 시간이 지나면 다시 찢어지고 파괴된 몸을 복구하고 다시 나타날 것이었다.

'시간을 벌어야 한다.'

그림자가 다시 재생할 때까지.

지잉—

카르의 주위로 겹겹의 방어막이 쳐졌다. 마스터의 오러라고 하더라도 막아낼 수 있는, 그야말로 세상에서 가장 단단한 방패였다.

"헛수고다."

쩌적—!

그라엠 후작이 검을 휘두르자 방패가 있던 공간이 갈라지며 겹겹의 방패들이 허물어졌다.

당연히 그 속에서 보호받고 있던 카르 역시 몸을 피할 수밖에 없었다. 그리고 그런 카르를 그라엠 후작이 공간 이동으로 쫓았다.

"그라비티(gravity)."

쿠쿵—

그라엠 후작이 등장한 공간의 중력이 변하며 거대한 압력이 그라엠 후작의 어깨를 짓눌렀다.

오시리스의 공간만큼은 아니더라도 거의 열 배나 되는 무거운 중력이었다. 아무리 마스터라고 하더라도 몸이 굼떠지고 움직이기가 쉽지 않을 터였다.

하지만 그라엠 후작은 달랐다.

"이건 무슨 잔재주더냐?"

카르의 눈이 번쩍 뜨였다. 서둘러 마법을 펼쳐 순간적으로 뒤로 몸을 내뺐다.

촤악—

카르의 어깨가 베어졌다. 예상외의 상황에 반응이 늦은 탓이었다.

"크윽."

피가 나는 어깨를 움켜쥐며 카르가 정신을 다잡았다.

'도대체 어떻게 되먹은 몸이야?'

열 배의 중력은 단순히 열 배나 되는 무게를 짊어지고 있다는 것과는 그 의미가 달랐다.

중력은 무게이며 압력이었다. 몸이 터져 나갈 것만 같은 고통은 단순히 움직임을 제약하는 것 이상의 힘을 발휘한다.

게다가 순간적으로 무거워진 몸과 검의 무게는 당연히 반응을 굼뜨게 만든다.

하지만 그 속에서도 그라엠 후작은 여유롭게 검을 휘둘렀다.

마치 중력을 거스르기라도 하듯 말이다.

“조금 귀찮은 수를 썼구나.”

스스스—

그라엠 후작의 몸에서 백색의 오러가 흘러나왔다.

백색의 오러는 카르가 만든 중력의 공간을 아주 손쉽게 밀어냈다.

오시리스의 밤에 비해 그 수준이 낮다고는 하나 그라비티 마법 역시 그리 허술한 마법은 아니었다.

‘제대로 걸렸다고 생각했는데…….’

예상을 훨씬 벗어났다.

그라엠 후작은 지금의 자신으로서는 이길 수 없는 괴물이었다.

‘마지막이다.’

카르는 입술을 꽉 깨물며 양손 가득 마나를 모았다.

그와 동시에 카르의 주위로 수많은 뇌전의 창이 생성되었다.

파직— 파시식—

하나하나 생성되는 뇌전의 창은 순식간에 그 수를 늘려 수십 개가 되었다.

하지만 그 수는 멈추지 않고 계속 늘어났다. 그 모습을 잠깐 지켜보던 그라엠 후작이 눈을 찡그렸다.

“이건 좀 위험하겠군.”

그라엠 후작의 검이 높게 들렸다.

공간 절단으로 카르를 저지할 생각이었다.

―크그그그그.

그때, 그림자가 그라엠 후작의 몸을 감쌌다.

어둠 속에서 기습적으로 등장한 그림자는 그라엠 후작의 몸을 속박하고 검을 휘두르지 못하도록 저지했다.

어두운 기운이 그라엠 후작의 몸을 침투했다. 그라엠 후작은 기분 나쁜 기운이 스며들자 눈살을 찌푸렸다.

"이 녀석이……."

콰드득―

그라엠 후작이 힘으로 그림자의 속박을 풀었다. 그리고 오러를 이용해 자신의 몸을 침투한 어두운 기운을 몰아냈다.

그리 긴 시간이 지나지 않아 그림자가 그라엠 후작에게서 떨어져 나갔다. 그림자는 그라엠 후작의 몸에서 떨어져 나가며 수많은 검은 칼날을 쏘아냈다.

촤촤촤촤악―

"귀찮은 녀석!"

쩌억―!

검은 칼날들이 공간의 균열 사이로 빨려 들어갔다. 그라엠 후작은 연속으로 검을 휘둘러 그림자를 날려버렸다.

찌억—

그림자의 몸이 반으로 나눠졌다. 그림자를 처리한 그라엠 후작이 카르에게로 시선을 돌렸다.

"이, 이런……."

그라엠 후작의 표정에 낭패감이 어렸다.

카르의 주위로 어마어마한 수의 뇌전의 창이 모여들었다. 그 수가 얼마나 되는지 이제는 세어보기도 힘들어 연무장을 거의 가득 메울 정도였다.

"대단하군."

사방이 뇌전의 창으로 둘러싸여 있었다.

아직 몸에 닿지도 않았건만 찌릿한 전격의 느낌이 전해졌다.

온몸의 털이 곤두서고 절로 검을 쥔 손에 힘이 들어갔다.

'할리슨 공작이 죽은 후로, 이런 느낌은 받지 못할 줄 알았거늘…….'

그라엠 후작이 즐거운 미소를 지었다.

그의 시선이 창백하게 얼굴이 질려 있는 카르에게로 향했다.

"이게 네 모든 힘을 다한 게냐?"

카르는 대답하지 않았다.

하지만 창백하게 질려 있는 얼굴이 대답을 대신하는 듯

했다.

그라엠 후작의 예상이 맞았다.

'신의 심판이라… 이름 한 번 거창하군.'

수천, 수만을 헤아리는 뇌전의 창을 한 명의 상대를 향해 쏘아낸다.

참으로 위력적이면서도, 무식한 마법이었다.

카르가 알고 있는 대인 공격 마법 중 가장 위력이 강한 마법이기도 했다.

예전 같으면 감히 사용을 시도조차 하지 못할 고위 마법이기도 했다.

그 대가가 바로 어마어마한 마나의 소모였다.

거의 모든 마나를 소모해 얼굴이 창백하게 질렸다. 이 마법으로 끝을 보지 못하면 이길 가능성이 없었다.

'하지만… 이 마법이 아니었다면 이길 생각을 말아야겠지.'

이 장소가 연무장이라서 다행이다.

다행히 그라엠 후작의 공간 이동은 그 범위가 좁았다. 그라엠 후작이 움직일 수 있는 모든 범위, 즉 연무장 내부 모두가 카르의 마법 범위 내였다.

"피할 생각은 버리는 게 좋을 겁니다."

파지지지지직—

"피할 곳도 없어 보이네만?"

그라엠 후작이 검을 가로로 세워 앞으로 내밀었다.

지금까지와는 달리 방어적인 자세.

'막겠다는 건가?'

거의 수만에 이르는 뇌전의 창이다.

하나하나가 그 위력이 결코 낮지 않았다. 게다가 디바인 마법은 대인 공격 마법이었다.

'이 모든 뇌전의 창을 막는 건 불가능해.'

카르는 그렇게 생각했다.

그렇기에 망설임없이 손을 저었다.

"디바인(divine)—신의 신판."

파지지지지직—!

그라엠 후작의 위로 뇌전의 창이 비처럼 뿌려졌다.

＊　　　＊　　　＊

파즈즈즈즈—

연무장 안에 고압의 전류가 흘렀다.

단순한 후폭풍일 뿐인데도 전류는 약하지 않았다. 대량으로 흩날려진 전류는 당장에라도 살을 태우고 사람을 죽일 수 있는 힘을 가지고 있었다.

뿌연 연기가 올라왔다. 그 속에는 고압의 전류가 흐르고 있었다.

마스터 정도 되는 이가 아니면, 저 안에 있기만 해도 아마 무사하지 못할 것이었다.

'후폭풍이 이 정도라……'

이 모습을 보면, 당연히 그라엠 후작은 죽었어야 한다. 이런 마법 속에서 살아남을 리가 없었다.

카르는 천천히 먼지가 가라앉길 기다렸다. 고압의 전류로 가득한 먼지가 서서히 무게를 이기지 못하고 연무장 바닥에 깔렸다.

서서히 그 속을 드러내는 먼지들 사이에서 드러난 오롯이 서 있는 사람.

카르의 눈에 경악이 어렸다.

"서, 설마……?"

그라엠 후작이었다.

아직 제대로 보이지는 않지만, 그가 서 있었다.

곧 먼지가 거의 걷혔다. 그라엠 후작의 몸에는 아직까지도 전류가 흐르는 듯 파란 전류가 지직거렸다.

"이거… 좀 아프군."

그라엠 후작이 천천히 몸을 움직였다.

그래도 아주 멀쩡한 것은 아닌 듯, 움직이는 것이 부자연스러웠다. 몸이 마비되어 움직임에 제약이 생긴 것이다.

"이것 참, 분명 다 쳐냈는데 말이지. 여파만으로 이 꼴인가?"

그라엠 후작이 부르르 떨리며 부자연스럽게 쥐어지는 자신의 손을 바라봤다.

'그걸… 다 쳐내?'

수만에 이르는 뇌전의 창이다.

한순간에 그라엠 후작을 향해 쏘아진 창은 그 속도와 위력이 어마어마하다.

아무리 마스터라고 하더라도 막을 수 없다. 실제로 니르단은 수천의 뇌전의 창으로 마스터를 죽였다.

카르가 사용한 디바인은 그런 니르단의 마법보다도 훨씬 수준이 높았다.

그렇기에 혹시나 죽이지 못하더라도 큰 부상 정도는 입힐 수 있으리라 생각했다.

하지만 그라엠 후작은 그런 카르의 생각을 비웃기라도 하듯, 몸이 마비되어 움직이기가 조금 불편할 뿐이지 무척 멀쩡한 모습이었다.

그게 모든 뇌전의 창을 다 쳐냈기 때문이란다.

그라엠 후작이 입은 피해는 그에 따른 여파와 그 후폭풍뿐이었다.

"정말 대단하군, 마법사라는 것들은. 이런 공격을 여러 차
례 더할 수만 있다면 자네가 할리슨 공작보다 강할지도 모르
겠어."

"역시 할리슨 공작을 죽인 사람이 당신이었군요."

"그렇지."

"목적이 뭡니까? 알려진 바로는 당신은 검가의 사람이 아
니었는데……."

카르가 의문 가득한 눈으로 물었다.

그라엠 후작은 팔짱을 끼고 카르를 바라봤다.

'어차피 지금은 몸을 제대로 움직이기도 힘들고… 시간을
좀 끄는 것도 나쁘지 않지.'

그라엠 후작도 아주 멀쩡한 것은 아니었다.

몸이 마비되어 제대로 움직이기가 힘들었다. 손을 쥐었다
폈다 하는 것에도 상당히 힘이 들었다.

지금 상황에서 카르가 방금 전처럼 마법을 날린다거나 하
면 제대로 피할 수 있을지 장담할 수 없었다.

'게다가 저 녀석, 내가 어디로 이동할지도 다 알고 있는 것
같고.'

괜히 위험한 도박을 할 필요는 없었다.

그라엠 후작은 카르의 장단에 맞춰 대답을 해주며 시간을
버는 것이 낫다고 생각했다.

"검가를 내 것으로 만들 것이다."

"검가를?"

"그래. 검가의 힘은 이 대륙을 하나로 만들 수 있을 만큼 거대하지."

그라엠 후작은 천천히 자신의 이상향을 펼쳤다.

그의 이야기를 듣는 카르의 표정이 점점 굳어졌다. 그라엠 후작의 생각은 지금까지 검가의 마스터들과는 다른 위험한 생각이었다.

'검가의 힘으로 대륙을 일통한다…….'

카르의 입매가 비틀렸다.

"뭐가 우습지?"

카르의 웃음이 비웃음으로 보였던 것일까? 그라엠 후작은 기분이 상해 표정을 일그러뜨렸다.

"입장이 바뀌었네요."

"무슨 입장 말이냐?"

"과거에는 마법사들이 악역이었는데……."

카르는 손가락으로 그라엠 후작을 가리켰다.

"이제는 검가가 악역이 되게 생겼으니까요."

"악역? 대륙을 일통해 보다 살기 좋은 세상을 만든다는 게 뭐가 악역이라는 거지?"

"그 과정에서 얼마나 많은 피가 흐를까… 생각은 해보셨습니까?"

대륙 일통.

역사상 한 번도 이루어지지 않은 이 엄청난 난제는 그 과정에서 어마어마한 수의 사람이 목숨을 잃을 것이 틀림없어 보였다.

평화로운 방법으로 여러 왕국을 통합한다는 것은 불가능하다. 그렇기에 전쟁이 필요하고 분란을 지울 내란과 다툼이 필요하다.

"대를 위해 소를 희생하는 것은 과거에도 흔히 있었던 일이다. 이 진리는 변하지 않아."

"대를 위해 소를 희생한다……. 그거라면 마법사들도 이해할 수 있습니다. 마법사는 검사들과는 달리 이성적으로 이익과 지식을 추구하거든요."

하지만 이건 아니다.

"당신이 하고자 하는 것은 대를 위해 소를 희생하는 게 아니라 소를 위해 대를 희생하는 겁니다."

"대륙 일통이 작은 일이라고 생각하는 게냐?"

"최소 백만에 이르는 사람이 죽을 겁니다. 반대로 묻겠습니다. 그렇다면 당신은 그 많은 사람들의 목숨이 작다고 생각하는 겁니까?"

"대륙 일통에 비하면……."

"고작 당신 하나의 허황되고 쓸데없는 야망 하나 때문에
그 많은 사람이 희생당해야 한다고요? 대륙 일통, 그것으로
얻을 수 있는 게 뭐가 있다고요?"

카르의 질문에 그라엠 후작은 대답하지 못했다.

대륙 일통이라는 거대한 꿈을 가지고 있었지만 그것으로
얻을 수 있는 것은 달리 생각해 보지 않았다.

돈? 권력? 여자? 명예?

지금 역시 이중 어느 것 하나 부족하지 않다.

제국의 후작이란 이 모든 것을 보장해 주는 자리니까.

"최초의 대륙 일통 황제라는 후세의 사람들 머릿속에 심
어질 작은 기억 하나 때문에 당신은 그 많은 피를 흘리고자
하고 있는 겁니다. 지극히 비효율적이고 멍청한 짓이라고
요."

"네 이놈……."

뿌득―

그라엠 후작이 이를 갈며 카르를 노려봤다.

그의 팔이 천천히 들렸다. 마비는 이미 거의 풀린 상태였
다.

"더 이상은 못 들어주겠구나."

"큭… 화가 난다는 것 자체가 제 말에 공감한다는 의미 아
닙니까?"

스스스—

카르의 몸이 점점 투명해졌다. 그 모습을 본 그라엠 후작이 서둘러 카르의 뒤로 이동했다.

그라엠 후작이 카르의 등 뒤에서 검을 찔렀다. 정확히 급소를 노리고 찔러간 검은 카르의 등을 꿰뚫지 못했다.

"이건……?"

그라엠 후작의 검이 카르를 통과했다.

마치 허공에 검을 찌른 것처럼 투명해진 카르의 몸이 유령이라도 되듯 베어지거나 찔러지지 않았다.

카르는 고개를 돌려 그라엠 후작과 가까이 눈을 마주했다.

"당신 같은 빌어먹을 늙은이, 내가 꼭 죽일 겁니다. 기다리고 계세요."

뿌득—

카르가 도망치고 있다.

그것을 눈치챈 그라엠 후작이 이를 갈았다.

"오냐, 기다리마. 아니, 직접 찾아가도록 하지. 네놈이 있는 영지를 쑥대밭으로 만들고 네 가솔들과 식구들을 한 놈도 남김없이 다 죽여주마."

그라엠 후작의 눈이 살기로 번들거렸다.

죽이고자 한 상대를 놓치게 된 것도 분한데, 그 상대로부

터 자신의 꿈을 전면으로 부정당하니 기분이 많이 좋지 않았
다.

그라엠 후작이 카르를 죽이고자 한 이유는 단순히 골치 아
플 것 같아서였다.

그 이유가 조금 변했다.

카르는 단순히 조금 골치 아픈 정도가 아니었고 사상 자체
도 자신과는 정반대된다.

제거 1순위가 된 것이다.

"경고 고맙습니다. 주의하도록 하죠."

그 말을 끝으로 카르의 몸이 완전히 사라졌다.

Chapter 02
대흑마법사 로오돈

마탑의 영주

페라스 자작령의 영주성.

카르는 자신의 집무실로 이동했다.

"후욱— 하아……."

집무실로 이동한 카르는 가슴을 부여잡으며 거친 숨을 내
쉬었다.

가슴이 고통스러웠다. 심장 부근에 저장해 두었던 마나를
무리하게 쓰느라 충격이 가해진 것이다.

'이거… 생각보다 심한데.'

카르는 몸속에 남아 있는 마나를 살폈다.

그야말로 한 줌도 남아 있지 않았다. 체내의 기본적인 활동을 위해 사용되는 마나, 즉 심장의 원활한 활동을 위해 필요한 마나조차 끌어다 쓴 것이다.

인체를 구성하는 요소 중에는 사람들이 알지 못할 뿐이지 마나 역시 포함되었다. 그리고 그 양은 그리 적지 않았다.

카르는 페라스 자작령으로 도망쳐 오기 위해 부족한 마나를 생체 활동을 위해 움직이는 마나로 대신했다. 그 때문에 지금 카르의 몸 상태는 정상이 아니었다.

"크윽……."

다시 한 번 카르가 심장에서 느껴지는 극심한 고통에 가슴을 움켜쥐었다.

그때 문이 벌컥 열리며 프라다가 들어왔다.

"무슨 일이냐?"

"프라다… 님……."

"도대체 무슨 꼴이야? 어디가 아픈 게냐?"

집무실에서 느껴지는 이질적인 마법의 파동을 느낀 프라다는 카르가 돌아온 것을 알고 황급히 달려왔다.

그런데 이 꼴이었다. 창백하다 못해 하얗게 질린 얼굴 하며 가슴을 부여잡고 고통스럽게 일그러진 표정 하며 어딜 봐도 정상적인 상태는 아니었다.

"좀… 그렇게 됐습니다."

“허어. 조금이 아닌 것 같은데? 어디가 아픈 게냐, 말해 보거라.”

걱정스러운 프라다의 음성에 카르는 대답 대신 히죽 웃었다.

대답한다고 해서 프라다가 어찌 해줄 수 있는 것이 아니었다. 생체 활동을 유지하던 마나가 빠져나간 것은 자연스럽게 그것이 보충될 때까지 어떤 방법을 사용해도 소용이 없었다.

“프라다… 님.”

“왜 그러느냐?”

“제가 없는 동안… 영지를 좀 지켜주십시오.”

아마 한동안 몸을 움직이기 힘들 것이다.

적어도 몇 달은 꼼짝없이 몸을 요양해야 한다. 그라엠 후작의 반응을 보면, 필시 페라스 자작령을 가만히 내버려 두지 않을 것이다.

그가 직접 올지는 미지수지만, 그렇지 않더라도 제국의 후작이라는 저력은 만만치 않은 것이다.

“그게 무슨 소리냐?”

프라다가 다급한 음성으로 물었다. 카르의 눈동자의 초점이 점점 흐릿해지고 있는 것을 보았기 때문이다.

카르는 몸에 점점 힘이 들어가지 않는 것을 느끼며 말했다.

“그럼… 잘 부탁…….”

카르의 정신이 아득한 먼 곳으로 날아갔다.

＊　　　＊　　　＊

"그게 무슨 소립니까?"

격양된 어조의 알베르가 프라다에게 따지듯 물었다.

따로 알베르와 마틴, 오르를 부른 프라다가 지금 카르의 상태를 설명한 것이다.

"카르 녀석이 중한 부상을 당했어. 한동안은 영지 일도, 외부의 일도 손을 쓸 수 없을 게야."

"도대체 어쩌다가!"

카르가 중한 부상을 당했다는 말에, 알베르가 목을 붉게 물들이며 자리에서 벌떡 일어났다. 당장에라도 카르를 해친 당사자를 찾아가 목을 베어버리겠다는 뜻이었다.

"내가 알기로, 카르 녀석은 알파엔 제국의 그라엠 후작을 만나러 갔었다."

"그라엠… 후작?"

"그래. 그라엠 후작의 소행인지는 아직 밝혀진 바 없으나 가능성이 아주 높지. 실제로 그를 만나러 간 이유 또한 그라엠 후작이 수상하다 여겼기 때문이고."

"으득. 그라엠 후작……."

알베르가 그라엠 후작을 향해 진한 살기를 내비쳤다.

"카르 녀석, 정신을 잃기 전에 나에게 그러더군. 영지를 좀 지켜달라고. 아무래도 뭔가 있는 모양이야."

"누군가 영지를 노리고 있다, 이 말씀입니까?"

잠자코 이야기를 듣고 있던 마틴이 물었다. 알베르 역시 같은 생각을 했기에 눈을 반짝였다.

예전부터 카르가 누누이 경고하곤 했던 일이었다. 검가와의 싸움이 시작되었고, 그로 인해 페라스 자작령이 공격받을지도 모른다고.

비록 그라엠 후작이 검가의 일원은 아니라고 하나 카르를 공격했을지도 모르는 인물이었다.

충분히 주의를 기울여야 할 인물인 것이다.

"전시 체제인가……."

알베르가 주먹을 불끈 쥐었다.

이미 준비는 해두고 있었다. 금룡 기사단과 은룡 기사단의 실력은 이미 왕국 내에서도 그 적수를 찾아보기 힘들 정도였고, 병사들 역시 고된 훈련과 상질의 무구로 어느 정예군 이상의 힘을 가지고 있었다.

또한 엘프 청년들과 하메른의 힘 역시 있었다.

거듭된 대련으로 하메른과 거의 동수를 이룰 수 있게 된 알베르였다. 두 사람과 기사단의 힘이라면, 힘겹긴 하겠지만 마스터 한 명 정도는 상대해 볼 만하다.

결정적으로 페라스 자작령에는 프라다가 있었다.

마스터에 전혀 꿀리지 않은, 어쩌면 더 강할지도 모르는 프라다였다. 이미 페라스 자작령은 일개 자작령이라고 보기 힘든 무력을 가지고 있었다.

“누가 얼마만큼의 병력을 이끌고 오든 막아낼 수 있습니다.”

알베르가 강한 자신감을 보였다.

프라다 역시 페라스 자작령의 강함을 알기에 고개를 끄덕였다.

하지만 일말의 불안감이 남았다.

‘카르 녀석이 저렇게까지 힘들어 할 정도라……’

프라다는 그라엠 후작이 신경 쓰였다.

‘도대체 어떤 녀석인고……’

*   *   *

무의식의 세계.

인간이 잠을 청하면 빠져드는 이 세계는 어떠한 때로는 무의식이 아닌 다른 세계로 나타난다.

그것이 바로 자각몽.

꿈과는 다른 자신만의 세상.

하지만 카르에게는 이 자각몽이 다른 형태로 나타나고 있었다.

"여긴……?"

천천히 눈을 뜬 카르가 주위를 둘러보았다.

도서관이었다.

"내가 왜 여기에?"

카르가 의아한 표정을 지었다.

니르단에게 도서관을 물려받고 원하는 때라면 언제든 도서관으로 들어올 수 있게 된 카르였다. 하지만 그것은 어디까지 원하는 때일 뿐이지, 이렇듯 예기치 않게 도서관에 들어온 것은 처음이었다.

'정신을 잃었기 때문인가?'

알 수 없는 일이었다.

단순히 의식을 잃었기 때문이면, 그런 거라면 잠을 잘 때 또한 도서관에 들어와야 정상이다.

하지만 어찌 되었든 나쁘지 않았다.

도서관에서의 시간은 곧 수련이었다. 세상의 모든 지식이 보관되어 있다는 도서관의 지식을 자신의 것으로 만드는 것, 마법사에게 있어서 이보다 더 좋은 수련은 없을 것이다.

카르는 원래의 자신의 몸을 프라다에게 맡기기로 했다.

어차피 정신을 차린다면 도서관에서의 의식은 날아갈 터.
괜히 이렇게 시간을 허비하는 것은 썩 좋은 선택이 아니었다.

카르는 지체없이 책장으로 향했다. 아직까지 읽지 못한 책
들이 많았다.

우우웅―

그때 책들이 거세게 요동쳤다.

"뭐, 뭐야?"

카르가 화들짝 놀라 막 집으려던 책에서 손을 뗐다. 마치
카르가 처음 도서관을 물려받았을 때와 같은 반응이었다.

아니나 다를까.

책들 하나하나에서 반투명한 영혼이 나타났다.

수많은 마법사들의 영혼.

니르단을 포함한 역대 도서관을 지키온 마법사들과 도서
관을 처음 만든 마법사들, 그리고 그 외에 수많은 마법사들이
나타난 것이다.

카르는 크게 당황하지 않았다.

이미 한 번 겪어본 일이기도 하고 무엇보다 그들이 자신에
게 해를 끼칠 이유가 없었다.

카르는 냉정을 되찾고 그들을 향해 물었다.

"무슨 일입니까?"

마법사들의 영혼은 대답하지 못했다.

움직임도 없이, 허공에 둥실 떠 있기만 했다.

단지 카르를 바라보기만 한다.

하나 대답은 해주었다.

바로 날아온 책 한 권으로.

"이건……?"

카르는 자신의 눈앞으로 날아온 책을 잡았다.

표지가 없었다. 제목조차 적혀 있지 않았다.

그야말로 순백. 새하얀 책이었다.

"무슨 책이지?"

카르는 책에서서 마법사들에게로 시선을 돌렸다.

"이 책을 읽으라는 겁니까?"

묻긴 했지만, 대답이 들려올 리 만무.

하지만 카르는 그들이 자신이 이것을 읽기 원한다는 것을 알 수 있었다.

그리고 엄청난 흥미와 궁금증이 동했다.

과연 무슨 책이기에 이들이 자신에게 이 책을 읽기를 원하는 것인지.

그리고 아무것도 적혀 있지도, 그려져 있지도 않은 이 순백의 책의 내용이 무엇일지.

카르가 마법사들을 향해 고개를 숙였다.

"감사합니다."

무슨 책인지는 몰라도, 분명 자신에게 도움이 되는 책이리라.

지금 카르에게 절실한 것은 지금까지와 같은 단순한 지식과 궁금증의 충족이 아니었다.

카르에게 필요한 것은 바로 힘.

그라엠 후작과 같은 괴물을 쓰러뜨릴 수 있는 이 세상 어느누구보다 강한 힘이었다.

*　　　*　　　*

마법사들이 사라졌다.

다시 원래 있었던 책 속으로 사라진 것이다.

카르는 즉시 책을 읽기 시작했다. 겉표지만 하얄 뿐이지 그속에는 검은색 글씨들이 적혀 있었다.

그 안에 적힌 내용은 평범했다.

지금까지 읽은 책들과 같은, 마법의 이론과 응용, 새로운마법에 대한 책이었다.

'이 책은 뭐지?'

대부분이 아는 것들이었다.

마법의 본질와 응용, 마나에 대한 이해와 활용.

아주 기초적인 것부터 이해해 들어가고, 보다 깊은 마법의 심화에까지 이르는 총체적인 책.

하나 특별나다 싶은 것이라고 해봤자 지금까지 읽어온 그 어느 책보다 정리가 잘되고, 요약이 잘되어 있다는 것 정도였다.

'선대들이 이 책을 권유한 이유가 있을 터.'

카르는 좀 더 책을 자세히 읽어보았다.

어차피 지금 카르가 읽은 부분은 중간 부분밖에 되지 않았다. 뒤에 가면 무언가 더 있을 것이라 믿을 수밖에.

아니나 다를까.

사분의 삼 정도 책을 읽었을 즈음, 카르가 알지 못하는 부분이 나왔다.

혹과 백의 구분.

참으로 간단한 주제였다.

혹과 백, 그것은 마법의 종류를 나누는 것이었다.

일반적인 마법은 백이다. 순수한 하얀색이기 때문에 불이든 물이든 물들이기가 쉽다.

혹은 말 그대로 혹마법이다. 검은색보다도 더욱 깊은 어둠은, 물들이기란 사실상 불가능에 가깝다.

그렇기에 혹마법은 모두 어두운 마법이었다. 마법 자체가 혼탁한 것처럼 검고, 기운 자체가 사이한 것처럼 불길하다.

이것이 카르가 알고 있는 흑마법과 백마법의 차이였다.

'흑과 백의 구분이라……'

카르는 처음으로 나온 흥미로운 주제에 눈을 반짝였다.

주제에 붙여진 글을 읽기 시작했다. 하나하나 주의 깊게, 단순히 읽기보다는 이해하고자 힘썼다.

글을 읽어 내려가는 카르의 표정이 점차 경악으로 번졌다.

믿기 힘들다는 표정.

그도 그럴 것이, 책에 나타나 있는 글은 지금까지 카르가 알고 있는 마법에 대한 지식과는 전혀 다른 것이었다.

"다른 것이 아니었어……"

카르는 책을 든 상태로 자리에서 벌떡 일어났다.

그의 눈이 여전히 책 위로 꽂혀 있었다. 아직까지도 믿기 힘들다는 듯, 다시금 처음 부분부터 읽어 보았다.

다시 읽었다고 해서 내용은 바뀌지 않았다.

머릿속으로 정리를 해보고, 책의 내용이 사실인지 철저히 분석하고 이성적으로 판단해 보았다.

'사실이야.'

"애초에 흑마법 같은 건… 존재하지도 않았어."

*   *   *

카르 자신뿐만이 아니라 역사의 거의 모든 마법사들은 흑마법과 백마법을 구분 지었다.

흑마법은 사악하고 백마법은 깨끗하다:

이 단순한 논리와 방식으로 구분 지어져 있었다.

그러나 그것은 잘못된 상식이다. 구분 지을 수는 있으나 따로 볼 수는 없다.

백마법은 하얗다.

흑마법은 검다.

완전히 다른 정반대의 색이다.

흑마법이란, 애초에 백마법에 검은색을 입힌 것에 지나지 않았다.

'이걸 왜 몰랐지?

아주 생각 못해볼 법한 것도 아니었다. 마법에 대해 조금만 깊게 생각해 본다면 한 번쯤 의문을 품어볼 법도 하니까.

단지 익숙함과 당연함의 문제였다.

백마법과 흑마법이 구분 지어져 있는 것은 마법사들에게 있어서 아주 익숙하고 당연한 것이다.

검술에도 환검과 중검, 쾌검과 패검 등 여러 종류가 있듯이 말이다.

흑마법은 곧 백마법이다.

단지 검은색으로 물들였을 뿐.

그것이 오해된 이유는 흑마법을 사용할 때 필요한 마나의 색 역시 물들기 때문이었다.

'흑마나.'

마의 숲에도 분포한 이 불길한 기운의 마나.

마나 역시 마법과 같이 그 색을 입힐 수 있었다. 이 책이 말하고자 하는 바가 바로 그것이었다.

마법을 펼칠 때에는 반드시 그 마나의 색이 변한다. 사람의 색이 입혀지고, 그 의지가 입혀지며, 마법의 수식에 따라 그 본질이 변한다.

카르의 뇌리로는 지금까지 알지 못한, 아니 잘못 알고 있었던 것들이 송두리째 바뀌고 있었다.

*   *   *

이미 도서관에 들어온 것 자체가 하나의 의식 세계에 들어와 있는 것이건만, 카르는 또 다시 무의식에 빠졌다.

수많은 깨달음이 물밀듯 밀려왔다. 지금껏 알고 있던 마나에 대한 개념이 바뀌었으니 당연했다.

무엇보다 흑마법과 백마법을 구분 짓던 경계가 사라졌다.

일반 마법사들과 같이 흑마법을 꺼려했던 카르다. 그 근본이 어둡다는 이유에서였다.

하지만 흑마법이 지금껏 자신이 사용해 오던 일반 마법과 근본이 다르지 않음을 알게 되자 그러한 생각이 변하였다.

흑마법과 백마법의 조화.

본래 있었어야 할 원래의 자리를 찾아오는 것만으로도 그 깨달음의 정도는 확연히 달라지는 것이다.

무의식에 빠져 있던 카르가 눈을 떴다.

그 어느 때보다도 평온하게 떠진 눈에 비치는 풍경은 아무 것도 없는 바닥과 새하얀 천장이었다.

"여기는… 또 어디지?"

카르의 시야가 사방을 살폈다.

정말이지 아무것도 없었다. 무수히 많은 책과 책장이 있던 도서관은 어디로 가고, 하얗고 끝이 보이지 않는 낯선 공간에 와 있었다.

"환영한다."

카르의 고개가 목소리가 들려온 뒤로 확 꺾였다.

칼칼한 노인의 목소리.

아니나 다를까, 카르의 뒤에는 주름이 가득한 장신의 노인 이 뒷짐을 지고 서 있었다.

카르는 그 노인을 유심히 살펴봤다.

지금 이곳은 카르의 의식 세계였다. 꿈과 비슷하면서도 다른 세계다.

자신 외에 이 세계에 누군가 있다는 것은 말이 되지 않는다.

'아니지, 마법사들이라면…….'

도서관을 물려받고, 만든 마법사들.

카르의 의식 세계인 도서관에서 책의 형태로 살아가는 존재들이라면, 이렇듯 자신의 앞에 나타나는 것도 가능했다.

'하지만 이렇게 직접적으로, 말을 하면서 나타난 적은 없는데…….'

카르는 일단 궁금증을 해결하기로 했다.

"당신은 누굽니까?"

"내가 궁금한가 보구나. 허허, 그럴 만도 하지."

노인은 여전히 뒷짐을 진 채 말을 이었다.

"로오돈이라고 하면 알겠구나."

"로… 오돈?"

카르의 눈이 휘둥그렇게 떠졌다.

로오돈. 그 이름을 모를 리가 없었다.

마도시대의 끝을 알리는 대흑마법사이자 역사상 그 누구도 범접하지 못한 마법의 궁극을 보았다는 절대자가 아닌가.

그를 상대하기 위해 전 대륙이 손을 잡았다.

그것이 결과적으로 마법사들의 종말이 되는 꼴이었지만,

그 한 명의 등장이 마법사들에게 미친 영향은 결코 적지 않았다.

니르단 역시 흑마법사이긴 하지만 로오돈은 존경해 마지않는 인물이라 하지 않았던가.

물론 카르에게는 그렇게 달갑지만은 않은 존재이지만 말이다.

"당신이 왜… 여기 있는 겁니까?"

"왜라고 하면 대답할 거리는 하나구나. 내가 만든 세계에 들어와 있는 아이야."

"당신이… 만든 세계?"

카르가 어리둥절한 어조로 되물었다.

로오돈은 말없이 고개를 끄덕이기만 할 뿐이었다. 그것만으로도 카르는 로오돈의 말뜻을 이해할 수 있었다.

"혹시… 여기가 도서관입니까?"

"그래. 책장이나 책들 따위는 거추장스러울 것 같아서 치워버렸다."

"맙소사……."

로오돈의 말뜻은 하나였다.

'도서관을 만든 당사자가 바로 로오돈이었다고?'

도서관은 마도시대의 마지막에 만들어진 마법사들의 총자산이다.

마법의 명맥을 이어가게 하기 위한 보루이자 지식의 손실을 막기 위한 방패였다.

그리고 카르는 그것을 수많은 마법사들이 힘을 합쳐 이루어낸 업적이라고 알고 있었다.

그리고 그들은 당연히 순수한 마법사들일 것이라 생각했다.

한데 아니었다.

일반 마법사들이 만든 도서관은 마의 숲에 있는 가짜 도서관.

대를 이어 전해지는 진짜 도서관을 만든 사람은 바로 로오돈이었다.

"왜 그러느냐, 흑마법에 편견을 가진 아이야."

"아……."

카르는 로오돈의 말에 퍼뜩 정신을 차렸다.

그리고는 세차게 고개를 저었다.

"그렇지 않습니다."

"아니다?"

"예. 비록 얼마 전까지는 그렇게 생각하고 있었습니다만…책을 통해 깨달았습니다. 흑마법이고, 백마법이고, 그 본질은 결국 하나라는 것을. 마법이란 그 자신이 어느 색을 물들이느냐가 중요할 뿐, 이미 결정된 색에 연연하는 것은 어리석은 짓이라는 것을요.”

카르가 얻은 깨달음.

그것을 들은 로오돈은 흡족한 표정을 지었다.

“책을 건넨 보람이 있구나.”

“역시 당신이었습니까? 그 책을 저에게 전한 분이요.”

“그래. 마음속 깊이 네가 흑마법을 꺼려하는 것도 있고, 네 실력이 더욱 정진했으면 하는 바람도 있고 해서 그랬다. 그보다 일단…….”

로오돈이 카르와 자신의 사이의 공간을 손가락으로 가리켰다.

터억―

카르와 로오돈의 사이로 탁자 하나와 의자 두 개가 나타났다. 지금의 공간과 어울리는 하얀 탁자와 의자였다.

“앉도록 하자꾸나, 이야기가 길어질 듯하니.”

그렇게 말하며 로오돈이 자리에 앉았다. 카르 역시 따라 자리에 앉았다.

로오돈은 탁자에 턱을 받히며 주름진 얼굴을 틀었다.

“어디부터 얘기해야 할꼬……. 그래, 우선 듣고 싶은 얘기가 있으면 말해 보거라.”

“흑마법을 배우시고, 세상을 어지럽게 물들이셨다고 들었습니다.”

“그래. 그랬지. 썩을 놈의 새끼들이 내가 흑마법만 익힌 것
도 아닌데, 날 보고 지놈들도 흑마법을 익혀 보겠다고 별 지
랄들을 다 떨었지.”

로오돈의 말 역시 카르가 알고 있던 사실과 조금 달랐다.

“직접 하신 게 아닌가요?

“하긴 뭘 해? 멀쩡한 산 하나 날려버린 것 가지고 빌어먹을
귀족 새끼들이 지랄 발광 떤 거지. 귀족 놈들은 나보고 악마
니 뭐니 해대고, 내 마법을 본 마법사들은 흑마법의 힘에 심
취해 별의별 악행을 다 저지르고. 뭐, 나도 그리 깨끗한 놈은
아니었지만…….”

로오돈의 표정이 와락 구겨지며 안 그래도 많던 주름이 더
욱 많아졌다.

“내 실수야. 흑마법 자체의 색이 검기 때문에 사용하면 사
용할수록 성격이 포악해 지는 것은 어쩔 수 없어. 수준이 높
지 않은 녀석일수록 더욱 그렇지. 날 동경한 마법사들이 그렇
게 흑마법을 익히고, 세상은 포악한 마법사들로 점점 채워졌
다.”

다크 에이지의 배경.

그것이 로오돈의 입을 통해 카르에게로 전해졌다.

“흑마법은… 위험하군요.”

“그래, 솔직히 위험해. 편견은 가지면 안 되지만, 결국은

세상에 해가 되는 힘이야. 흑마법 자체가 아닌, 그것을 익힌 마법사들 때문에!"

로오돈은 무척이나 후회가 된다는 듯 카르에게 거듭 강조를 했다. 카르는 고개를 끄덕이면서도 아직 의아한 표정을 지우지 못했다.

"그런데 제 앞에 나타나신 이유가 뭡니까?"

그 질문에 로오돈의 눈매가 가늘어졌다.

"마법을 부활시키겠다며?"

"네. 제 목표이자 꿈입니다."

"그것 때문이다. 내 업보로 인해 멸망한 마법이 네 덕분에 다시 빛을 보게 생겼는데, 그런 놈이 뭐시기 후작 이라는 놈 한테 깨져서 죽기 직전까지 가고 말이야."

로오돈이 못마땅하다는 듯이 혀를 찼다. 그라엠 후작과의 싸움을 로오돈 역시 알고 있는 듯했다.

카르는 머쓱한 표정을 지우지 못했다. 로오돈이 자신에게 거는 기대가 얼마나 대단할지 알 만했다.

"그나저나 아직까지 도서관에서 살아 계시는 겁니까? 제 정신을 유지한 채로요?"

"이눔아, 그게 말이 돼? 지금 난 단순한 정신체야. 살아 있다고 보기 힘든, 말 그대로 지식 덩어리. 지금 내가 내뱉는 말과 행동, 이 모든 것이 내가 생전에 지녔던 지식과 성격 등을 토대로 한 기계적인 움직임과 말일 뿐이다."

카르는 로오돈의 말에 멍한 표정이었다. 말이야 쉽지, 어디 그게 가능하기나 하단 말인가.

지금의 카르로서는 절대 이해하지 못할 일이었다. 그 마법의 영역이 달라고 너무 달랐다.

"뭐, 일단은 집어치우고. 그래, 네가 지금 원하는 게 뭔지 알겠구나."

로오돈은 손가락을 튕겼다. 지금까지의 상황으로 봐서, 그는 카르가 원하는 것을 정확하게 짚어냈다.

"강해지고 싶으냐?"

"……"

카르는 조용히 눈을 감았다.

심사숙고 생각을 정리한 카르가 물었다.

"가르쳐 주시겠습니까?"

*   *   *

카르는 로오돈에게 가르침을 청했다.

스스로의 부족함을 깨달았고, 좀 더 나은 경지에 올라가 있는 이에게 가르침을 받는 것 역시 얼마나 행운인지 몸소 겪어 본 경험이 있었다.

마법이란 홀로 나아가기 쉽지 않은 학문이다.

타고난 재능과 뛰어난 스승.

마법을 배우기 위해 가장 필요한 두 가지 요건에 들어갈 만큼, 좋은 스승은 마법을 배우는 데에 있어서 중요한 요인이었다.

"나는 너에게 마법을 가르치지 않는다."

로오돈이 말을 싹 씻었다.

카르는 그 말에 담긴 의미를 기다렸다.

"나는 네게 싸움을 가르칠 것이다."

"싸움……."

"마법을 이용한 싸움. 골방의 연구 마법사라면 모를까, 앞으로의 너에게 필요한 것은 보다 강한 힘이 아니냐."

카르는 부인하지 않았다.

"맞습니다."

"그럼 잔말 말고 배워."

기타 왈가왈부 말을 듣지 않겠다는 뜻이었다.

카르의 말을 끊어버린 로오돈이 양손에 마나를 모았다.

카르는 이곳 세계에서 마나를 모으는 것을 처음 보았다.

사용해 볼 생각도 하지 않았고, 애초에 그럴 필요도 없었기 때문이다.

"보거라."

로오돈의 양손 가득 마나가 모였다. 어마어마한 양이었다.

'대단하군.'

이 짧은 시간에 엄청난 양의 마나가 모여들었다.

당장에 저것을 마법으로 변환시키지 않고, 마나탄의 형태로 쏘아 보내기만 해도 어마어마한 위력일 터.

카르는 로오돈을 힐끗 흘기며 문득 두려운 마음이 들었다.

"마법사에게 싸움에 있어서 가장 중요한 것이 뭐라고 생각하느냐?"

로오돈의 양손에 푸르스름한 마나가 맴돌았다.

평범한 마나와는 그 색이 조금 다른 것에 신기했지만, 카르는 곧장 대답했다.

"마법의 발현 속도와 응용, 위력입니다."

"참 단순하게도 알고 있구만."

로오돈이 못마땅하다는 듯이 혀를 찼다.

당연했다. 이것 또한 도서관에서 책을 통해 얻게 된 아주 교과서적인 지식이었으니 말이다.

"하지만 정답이기도 하지. 그렇지만 가장 중요한 한 가지가 빠졌다."

"뭡니까?"

"마나의 절대적인 양이다."

카르는 로오돈의 말에 귀를 기울였다.

"물론 무작정 가지고 있는 마나가 많다고 좋은 것은 아니지. 제어하고, 자신의 것으로 만들어야 할 테니까. 하지만 절대적인 마나가 충분하고, 그 모든 것을 제 것으로 만들었을 때의 변화는 너도 잘 알고 있지 않으냐?"

카르는 고개를 끄덕였다.

아주 단순하지만, 어쩔 수 없는 불변의 법칙.

"마법의 발현이 빨라지고, 위력이 강해집니다."

"그래. 마나가 넘쳐나니 대충 수식만 그럴싸하게 맞춰 발현해도 마법이 완성되고, 사용된 마나가 많으니 그 위력이 강해지지. 참으로 단순하지 않으냐?"

"하지만… 가진 바 마나를 늘릴 방법은……."

"왜 없어?"

로오돈이 자하르의 머리 부분을 쿡 누르며 사악한 미소를 지었다.

"몇 번 죽어보면 돼."

"…네?"

*   *   *

"그러니까… 뭘 어떻게 하라고요?"

의문형의 물음이었지만, 실상은 너무 어이가 없어서 되묻는 것이었다.

그만큼 로오돈의 말은 터무니없는 것이기에.

"그러니까 인마, 지식 주입이라고, 지식 주입. 이눔의 자식이 영광스럽고 고마운 줄 알아야지, 어딜 눈까리를 벌겋게 뜨고 있어?"

로오돈이 손을 높게 쳐 올리며 위협적인 자세를 취했다.

하지만 장난인 것을 알기도 하고, 무섭지도 않기에 카르는 여전히 눈을 피하지 않았다.

"그게… 말이 된다고 생각해요?"

"뭐가 말이 안 돼?"

"로오돈님의 지식을 저에게 옮긴다는 것 아닙니까?"

"그런데?"

"가능해요?"

로오돈이 답답하다는 듯 가슴을 탕탕 쳤다.

"가능하다고! 야 이 자식아, 지금 이렇게 너랑 대화를 하고 있는 나도 사실상 지식 덩어리야! 그런데 못할 게 뭐 있어?"

"하지만… 그거랑 이거랑은……."

"너, 나보다 마법 잘 아냐?"

"그건 아닙니다만……."

"그럼 닥치고 따라. 설마 내가 널 죽이기라도 하려고?"

"……."

괴팍한 노인이었다.

'로오돈의 지식이 나에게?'

카르는 얼떨떨하면서도 묘한 기대가 되었다.

마나를 늘릴 방법. 그것은 참으로 단순했다.

바로 로오돈이 도서관에 저장해 두었던 마나와 그 지식을 카르에게로 주입한다는 것이었다.

로오돈, 역대 사상 최악이자 최고의 마법사.

그의 마나와 지식이 카르에게로 전해진다.

참으로 행운이 아닐 수 없었다.

마법사라면 누구나 바라는 엄청난 행운.

하지만 한편으로는 공포도 스멀스멀 올라왔다.

"몇 번 죽어보면 된다니⋯ 그건 무슨 소리죠?"

"응? 별것 아니다. 그냥 좀 고통스러울 것이니 한 소리지, 설마 진짜 죽었다 살아나겠느냐."

"⋯⋯"

도대체 얼마나 고통스럽기에 죽어보면 된다는 말까지 한 것일까?

카르는 문득 엄청난 공포를 느꼈다. 지금 당장 이 자리에서 도망쳐야 한다고 머릿속에서 강한 경종이 울렸으나 도망칠 곳도, 도망칠 수도 없었다.

카르는 포기하고 로오돈의 말을 따르기로 했다. 고통 정도야 참으면 그만이지 않은가.

"제가 할 일이 따로 있나요?"

"없다, 인내하는 것 외에는."

카르는 고개를 끄덕였다. 기왕 해야 할 일이라면, 서둘러 하는 편이 좋았다.

"얼마나 걸릴까요?"

"글쎄… 그리 빨리 끝나지는 않겠지. 워낙 많은 것을 받을 테니까 말이야."

"그럼 서둘러 시작해 주세요."

"그럼 우선 앉거라."

카르는 로오돈의 말을 따라 자리에 가부좌를 한 채로 앉았다.

아무것도 생각하지 않고, 오직 고통은 인내하기 위해 집중했다.

눈을 감고 있으니 머리 위로 로오돈의 손이 올라오는 것이 느껴졌다.

그의 손을 타고 로오돈의 감정이 느껴졌다.

측은한 마음.

로오돈이 카르를 보며 느끼는 감정이었다.

"그럼… 시작하마."

카르는 대답하지 않고 눈에 힘을 바짝 주었다.

어떠한 고통이든 이겨내 보이겠다는 듯한 행동. 하지만 그러한 카르의 행동은 금방 깨어졌다.

꽉 감겨 있던 카르의 두 눈이 퍼뜩 떠졌다.

"끄아아악!"

괴롭다.

머리가 터질 것 같이 지끈거린다.

머릿속에 심장이 들어 있기라도 한 듯, 머리가 계속 쿵쾅거렸다. 누군가 도끼로 머리를 쪼개는 착각이 들 정도의 아픔이었다.

카르의 눈이 거꾸로 뒤집혔다. 고통을 참지 못하고 정신을 잃은 것이다.

하지만 무의식중에 스스로를 보호하려는 이성이 남아 있었다.

카르는 양손으로 머리를 감쌌다. 자리에서 벌떡 일어나 로오돈의 손을 뿌리치고자 했다.

하지만 그럴 수 없었다.

로오돈은 카르의 머리를 잡은 손을 놓아주지 않았다. 자리에서 일어나려는 카르를 위에서 짓누르고, 마법까지 이용해 카르의 움직임을 최대한 제약했다.

로오돈이 안쓰러운 듯이 중얼거렸다.

"말했잖느냐, 고통스러울 것이라고."

                    *   *   *

정신을 잃은 카르의 눈이 스스륵 떠졌다.

어느새 자신도 모르게 쓰러져 있었다.

그것도 양팔을 활짝 벌리고 몸으로 대자를 그리고 있다.

카르는 몸을 움직이지 않고 그대로 고개를 좌우로 움직였다. 아무것도 보이지 않았다.

"일어났느냐?"

로오돈의 음성.

카르는 좌우가 아닌 바로 위를 바라봤다. 고개를 빼꼼이 내민 로오돈이 걱정스러운 얼굴로 카르를 바라보고 있었다.

카르는 로오돈의 얼굴을 발견하고는 천천히 상체를 일으켰다.

머리가 지끈거렸다.

"어떻게… 된 겁니까?"

한 손으로 머리를 감싸 쥔 카르가 눈을 찡그렸다. 욱신거리는 머리 때문인지 기억이 흐릿했다.

"정신을 잃었다."

"정신을……."

카르의 기억이 점점 또렷해졌다.

"크으… 미치겠군."

고통스러운 기억이 떠올랐다. 설마 아무리 아프다고 해도 그 정도로 아플 줄이야 알았겠는가.

카르는 아직까지도 지끈거리는 머리를 조심히 쓰다듬었다.

그때 카르의 머릿속으로 낯선 지식이 새어나왔다.

"어?"

"익숙하지 않느냐?"

로오돈의 물음에 카르는 고개를 끄덕였다.

이건 자신의 지식이 아니었다.

너무나도 낯선, 지금까지 전혀 알지 못했던 지식이었다.

그 기억의 주인은 바로 로오돈.

그의 지식이 카르에게로 옮겨진 것이다.

"로오돈님이 말씀하신 것이… 이거였습니까?"

대단하다.

카르는 지금 자신의 머릿속에 들어와 있는 지식에 대해 이 이상의 말을 할 수 없었다.

방대함 이상의 방대함. 깊이 이상의 깊이.

로오돈이야말로 마법의 총체 그 본연이라고 할 수 있을 정도로 그 지식은 어마어마했다.

"뭘 이 정도로 놀라고 그러느냐."

로오돈이 히죽 웃으며 카르의 등을 팡 쳤다.

카르는 등짝에서 느껴지는 얼얼함에 어색한 웃음을 지었다.

그러나 곧 그의 말이 고작 겸양의 말이 아님을 깨달았다.

"서, 설마……."

"아직 더 남았느니라."

카르는 입을 떡 벌렸다.

"살려주십시오."

"싫다."

로오돈이 단칼에 거절했다.

카르는 빠져나갈 구멍이 없음을 깨달았다.

"어, 얼마나 남았습니까?"

"열 번으로 끊어서 주겠다. 이제 아홉 번 남았구나."

앞으로 아홉 번.

카르는 자신의 입에서 침이 흐르는 것도 모른 채 벌린 입을 닫을 생각을 못했다.

'앞으로 그 고통을 아홉 번이나 겪어야 한다고?'

정신이 하얗게 날아갈 것 같다.

카르는 고개를 세게 흔들어 정신을 다잡았다.

다른 이유라면 모를까, 그의 정신을 바로잡고 각오를 다지게 하는 것이 있었다.

'이런 지식이 고작 십분의 일이라…….'

그의 머릿속에 들어온 어마어마한 지식.

이 엄청난 지식이 고작 십분의 일이라고 한다.

다른 지식이 궁금했다. 앞으로도 알 수 있는 지식들이 많았다.

'나도 이제 천성 마법사군.'

궁금증이 고통의 공포를 이겼다. 카르는 입가에 쓴웃음을 지으며 로오돈을 향해 고개를 숙였다.

"아프지 않게 좀 부탁드립니다."

로오돈이 눈을 가늘게 떴다.

"어감이 영 그렇다?"

Chapter 03
프라다와 키에르 후작

마탑의 영주

카르가 정신을 잃은 지 두 달이라는 시간이 흘렀다.

영주성 내의 모든 식구들이 카르를 걱정했다. 벌써 두 달째 정신을 차리지 못하는 카르 때문이었다.

한 달 전까지만 해도 정신을 잃은 와중에도 성이 떠내려갈 정도로 비명을 지르기도 했다.

하지만 그런 비명조차 한 달 전을 기점으로 뚝 끊겼다.

이제는 고작 간간히 신음을 흘릴 뿐이었다.

"벌써 두 달인가……."

프라다가 영주성의 옥상에 올라가 하늘을 바라봤다.

구름 한 점 찾아보기 힘든, 그야말로 푸른 하늘이다.

하지만 평온한 하늘과는 대조적으로 영지는 떠들썩하고 불안에 떨고 있었다.

그라엠 후작의 선언.

마법사인 페라스 자작, 즉 카르를 죽이고 대륙에 들이닥칠 혼란을 미연에 방지하겠다는 말.

참으로 가소로웠다.

'제놈들이 먼저 시작한 일이거늘……'

검가라는 세력은 이미 대륙의 수면 위로 떠올랐다. 각 왕국은 검가의 세력을 뿌리치기 위해 이미 거의 전시 상태에 들이닥친 것과 마찬가지였다.

검가는 왕가에 반기를 드는 짓이나 다름없는 일들을 많이 해왔다. 왕국의 힘을 자신들에게로 돌리고, 많은 비리를 저질러 왔다.

수많은 증거들이 속속히 드러났다. 검가의 행보를 지금껏 지켜봐 오기만 한 왕국이 아니었다.

검가의 귀족이라 판단되는 귀족들이 내쳐진다. 순순히 죄를 받는 이들도 있었고, 자기들끼리 연합해 왕국에 반기를 드는 이들도 있었다.

그 와중에 그라엠 후작의 천명이 세상을 질타했다.

가증스럽게도 그라엠 후작은 검가를 손에 넣고 주물렀다.

검가의 정의가 마법사를 죽이고 대륙의 평화를 찾는다는 것으로 밝혔다.

그리고 과거 마법사들이 저지른 일들을 세상에 알렸다.

그로 인해 마법사들에 대한 좋지 않은 인식이 생겨났다. 한 번 있었던 일, 두 번 일어나지 말라는 법은 없기에.

하지만 검가와 대립하는 각 왕국의 왕가는 마법사인 카르를 지지했다. 민심을 다스리는 각 왕가의 힘과 그라엠 후작과 각 검가의 귀족들의 의견이 대립각을 이루었다.

하지만 마법사를 처단하겠다는 그 의지는 처음과 같았다. 이 부분에서는 어찌 따지고 들 방법이 없었다.

과거가 있는 것이다.

마도시대로부터 이어져오며 마법사의 악행을 저지한 검가의 업적은 사실이었다. 때문에 아무리 검가가 타락했다고는 하나 마법사를 죽이겠다는 그 명분에는 틀린 것이 없었다.

크라 왕국의 국경을 넘어야 하는 문제가 있지만, 명분이 있으니 그것도 문제는 아니었다. 애초에 검가의 존립 이유가 마법사의 처단이기 때문이었다.

즉, 전쟁을 피할 명분이 없다.

"흐음, 어떻게 한다……."

이미 검가의 귀족들 중 한 명이 페라스 자작령을 공격하고자 병력을 보내오고 있는 상태였다.

그 병력을 이끄는 이는 키에르 후작이었다.

검가의 유일한 마스터였던 키에르 후작.

비록 지금은 그라엠 후작이 검가에 들어가 두 명이 되었다지만, 검가가 마법사를 얼마나 신경 쓰고 있는지 보여주는 단편적인 모습이었다.

"여기 계셨습니까?"

프라다는 뒤도 돌아보지 않았다.

목소리로 보아 알베르였다. 자신을 찾아온 이유 또한 알고 있었다.

"이리 옆으로 오게나."

알베르가 군말 않고 프라다의 옆으로 섰다. 프라다가 물었다.

"병사들이 몇이나 된다고 하더냐?"

"기사가 삼백, 일반 병사들이 삼천입니다."

어마어마한 전력이었다.

마스터가 포함된 기사가 삼백에, 정병이 삼천이다. 일개 자작령을 밟는다고 보기에는 지나치게 많은 수의 병력이었다.

"이것 참, 많기도 하군. 막을 수 있겠나?"

프라다의 물음에 알베르가 생각에 잠겼다.

예전 같으면 생각할 것도 없이 불가능하다 대답했을 것이다. 상대 기사들 역시 그리 수준이 낮은 기사들이 아니었고,

병사들 역시 정예군이었다.

하지만 지금은 고민을 해보아야 할 만큼 영지가 성장했다. 병사들 역시 무기의 힘을 빌었다지만 정예군 이상의 힘을 발휘하고, 특히나 마법의 힘을 빌린 기사단은 대륙 제일이라 해도 될 정도였다.

'금룡 기사단과 은룡 기사단의 힘이라면…….'

금룡 기사단의 개개인의 실력은 이미 평균적으로 엑스퍼트 중급에 올라와 있다.

거기다 신체를 강화하는 아티팩트의 도움을 얻으면 능히 엑스퍼트 상급과 비견되거나 그 이상의 힘을 발휘할 수 있을 것이다.

은룡 기사단은 비록 엑스퍼트에 오른 이들은 많지 않으나 마법의 힘을 빌려 금룡 기사단의 뒤를 받쳐줄 수 있었다.

이들의 힘이라면… 아주 불가능한 것만도 아니다.

"방어만이라면 할 수 있습니다."

"카르 녀석이 정신을 차릴 때까지?"

"…예."

수성의 이점을 빌어야지만 버티는 것이 가능하다. 다행히 통짜 아담으로 성문을 만들어 두어서 성문은 무척 단단해 엑스퍼트라고 해도 성문을 부수는 것이 불가능했다.

"그러기 위해서는 프라다님께서 키에르 후작을 막아 주서야 합니다."

"안 그래도 그럴 생각이었다."

프라다와 알베르가 동시에 고개를 끄덕였다.

*   *   *

보름이 지나자 페라스 자작령에서 멀리 떨어진 평야로 한 무리의 병력이 들어섰다.

보고는 곧장 알베르에게로 전해졌다. 안 그래도 기다리고 있던 알베르는 정신을 바짝 차렸다.

알베르를 포함한 금룡 기사단과 은룡 기사단, 그리고 프라다와 엘프 청년들이 성벽으로 올라갔다.

"이제야 오는군."

프라다가 킬킬 웃으며 수염을 쓰다듬었다. 고작 사백 남짓한 페라스 자작령의 병력에 비해 상대는 그야말로 압도적인 수였다.

"이렇게 직접 보니까 확실히 많긴 많네요."

은룡 기사단의 단장인 프랭크가 부르르 몸을 떨었다. 비단 그뿐만 아니라 실제로 전쟁을 겪어보는 이들은 거의 없었다.

그런 프랭크를 보며 알베르가 말했다.

"긴장하면 안 된다. 이번 전쟁에서는 은룡 기사단의 역할이 제일 중요하니."

"알겠습니다. 그나저나 키에르 후작이 있다던데… 걱정이
네요."

"프라다님이 막아주실 것이다. 우리는… 기사단과 병사들
을 막는다."

알베르가 결의에 찬 표정을 지으며 입을 닫았다.

그 자신도 떨리는 것은 마찬가지인 것이다.

＊　　　　＊　　　　＊

키에르 후작은 멀리 떨어진 페라스 자작령의 성문을 보며
눈을 가늘게 좁혔다.

견고한 성이었다. 성이 높아 쉽게 올라가기 힘들어 보였
다.

"성문을 부숴야겠군."

보고에 의하면 통짜 아담으로 만들어진 성문이라고 한다.
공성 무기가 있더라도 부수기가 쉽지 않겠지만, 마스터인 자
신이라면 그리 어렵지 않았다.

"키에르 후작님만 믿겠습니다."

그 옆에 있던 파거슨이 입가에 미소를 지으며 고개를 살짝
숙였다. 키에르 후작은 친근한 인상의 파거슨을 살짝 흘겼다

가 물었다.

"큭. 그라엠 후작님이 화가 많이 나셨다지?"

"네. 마법사 녀석을 놓쳤다고 하더군요. 키에르 후작님이라 하더라도 쉽지 않을 거라 하셨습니다."

"흥. 고작 마법사 따위… 하지만 다른 녀석과 같이 있다면 까다롭긴 하겠군."

보고에 의하면 마스터급 무위를 지닌 정령사가 한 명 더 있다고 한다. 마법사 한 명 정도야 전혀 무섭지 않은 그였지만 마스터를 쓰러뜨린 정령사와 함께라면 상당히 골치 아팠다.

파거슨은 그런 키에르 후작의 말에 공감했다. 확실히, 지금 전력으로만 보면 마스터급의 인물이 두 명인 페라스 자작령을 공략하기가 쉽지만은 않았다.

"그럴 때를 대비해 저와 기사들이 있는 것 아닙니까? 한 명은 저희가 맡겠습니다."

파거슨 스스로도 거의 마스터를 목전에 두었다.

마스터에 비할 바는 아니지만, 마스터를 상대로도 긴 시간을 버틸 자신이 있는 파거슨이었다.

마나라는 것을 느낄 수 있고, 거의 마스터에 오르기 직전이긴 했지만 아직 마스터에는 오르지 못했다.

현재 파거슨의 경지는 최상급 엑스퍼트와 마스터 사이의, 이도저도 아닌 모호한 경지였다.

하지만 그 실력은 어지간한 최상급 엑스퍼트에 비할 바가 아니었다.

게다가 함께 온 기사들 중에서 최상급 엑스퍼트가 다섯이었다. 파거슨과 이들의 합공이라면 마스터 한 명쯤은 어떻게 싸워볼 만도 했다.

"썩 믿음직하지는 않지만… 그렇게 하지."

"내일이 기다려 지지 않습니까?"

파거슨이 페라스 자작령의 성문을 바라봤다.

케로나를 부추겨 영지전을 치를 때에도 본 광경. 하지만 그때와는 확연히 다른 정예병들과 기사들을 이끌고 왔다.

그때만 하더라도 아슬아슬하게 막을 수 있었던 페라스 자작령이었다.

'이렇게 커져버릴 줄은…….'

파거슨이 속으로 미소를 지었다.

근래 들어서 가장 즐거워지는 그였다.

자신이 2년 남짓 일해온 그곳을 자신의 손으로 부수는 일.

공들여 쌓은 모래성을 부수는 것과는 비교도 되지 않는 쾌감이었다.

"작전은 어떻게 됩니까?"

파거슨이 상당히 들뜬 어조로 물었다. 키에르 후작이 사령관이었고, 파거슨이 부사령관이었다.

파거슨의 물음에 키에르 후작은 그를 돌아보며 이상하다는 표정으로 물었다.

"그게 왜 필요한가? 싹 밀어버리면 되는 것을?"

과연, 호전적인 성격의 키에르 후작다웠다.

"지당하십니다."

파거슨이 씩 웃으며 그런 키에르 후작의 비위를 맞췄다.

*　　　*　　　*

키에르 후작과 파거슨은 진을 치고 하루를 기다렸다.

긴 행군으로 병사들에게 쌓인 여독을 풀어주는 것이었다.

기습을 할 수도 있건만, 알베르와 프라다는 그러지 않았다. 지금으로서는 수성의 이점을 되새기며 최대한 시간을 버는 것이 최선이었다.

아침이 밝았다.

해가 뉘엿뉘엿 중천에 뜰 쯤, 병사들이 모여 당장에라도 달려올 채비를 갖췄다.

프라다와 알베르 역시 병사들과 기사들을 다독여 놓은 상태였다. 언제 싸움이 벌여져도 이상할 것이 없었다.

키에르 후작 진형에서 한 명의 사람이 걸어왔다.

가볍게 고급스러운 은색 체인 메일을 걸친 기사였는데 걸음걸이가 당당했다.

프라다와 엘베르는 수많은 병사들 사이에서 걸어오는 그가 결코 범상치 않음을 알 수 있었다.

아니나 다를까.

성문에서 조금 떨어진 곳에서 걸음을 멈춘 그는 성문 위를 향해 소리쳤다.

"나는 키에르 후작이다!"

호기롭게 소리친 그 말에 페라스 자작측이 흔들렸다. 병사들은 말로만 듣던 검왕의 위세에 잔뜩 움츠러들었고, 은룡 기사단과 금룡 기사단 역시 잔뜩 긴장된 표정을 지었다.

멀쩡한 사람은 프라다와 알베르, 하메른을 포함한 엘프 청년들이었다.

프라다와 알베르는 이미 마스터와 싸울 각오를 하고 있었고, 하메른과 엘프 청년들은 검왕이라는 위세에 전혀 굴하지 않았다.

하지만 멀리서 느껴지는 그의 기도가 결코 범상치 않다는 것 정도는 느낄 수 있었다.

키에르 후작은 페라스 자작 측에서 대답이 없자 인상을 찌푸리며 소리쳤다.

"마법사는 나오라! 나와서 나의 검을 받으라!"

일대일 대결을 신청하는 말이었다.

보다 못한 프라다가 나섰다.

후웅—

바람의 정령의 도움을 받은 프라다가 허공 위로 붕 떠올랐다. 프라다는 느릿느릿 날아 키에르 후작에게로 향했다.

하늘을 나는 것. 그것은 일반 사람들의 상식을 벗어나는 일이었다. 그렇기에 키에르 후작은 프라다를 마법사로 오인했다.

"네가 마법사인가?"

프라다가 땅 위에 착지했다.

키에르 후작과 조금 떨어진, 언제라도 검을 뺄 수 있을 만큼 가까운 거리였다.

"아니네."

"그럼… 정령사라던 그놈이로군."

"놈이라… 자네 나이가 어떻게 되나?"

프라다가 하얀 이를 드러냈다.

키에르 후작이 미간을 찌푸렸다. 갑작스레 나이 운운하는 것이 기분이 나빠서다.

"뭐, 넘어가지. 어차피 피차 싸워야 할 적일뿐이니. 그나저나, 아무래도 자네는 나와 싸워야 할 듯하네."

"네 녀석과?"

키에르 후작이 기분이 나쁘다는 듯이 되물었다.

그는 마법사와 싸우기 위해 찾아왔다. 그 강한 그라엠 후작과의 싸움에서 당당히 도망친, 마법사라는 이단을 처단하기 위해 이 먼 길을 걸었다.

정령사라는 녀석이 피어드 공작을 죽였다는 얘기는 들었다. 작은 홍미가 생기긴 했지만 그뿐이었다.

어차피 피어드 공작은 키에르 후작의 상대가 아니었다. 큰 차이는 아니었지만 그리 까다로운 상대도 아니었다.

그보다는 그라엠 후작조차 조심하라고 할 정도로 강한, 마법사를 만나고 싶었다.

"마법사를 데리고 와라."

스릉—

키에르 후작이 검을 뽑아 프라다의 앞으로 가져갔다.

언제 뽑았는지도 모를 말큰 빠른 검이었다. 그 모습이 당장에라도 프라다의 목을 베어버릴 것처럼 위태로워 보였다.

프라다는 굳이 피하지 않았다. 이 정도 검쯤이야 언제든지 막거나 피할 수 있었다.

"나는 우습게 보이나?"

화륵—

프라다의 몸에서 불꽃이 튀었다. 고온의 불꽃에 휩싸인 키에르 후작의 검이 뜨겁게 달궈졌다.

키에르 후작이 다소 놀란 표정을 지었다. 불꽃이 튀는 것과

동시에 오러로 몸을 보호했는데도 뜨거운 열기가 상당한 것
이다.

"그쪽도 꽤 재미있겠군."

키에르 후작의 호승심에 불이 붙었다.

서로가 치아를 다 드러낸 채 웃었다.

"네 놈부터 베고, 마법사를 베야겠어."

쐐애액—

카앙—!

빠르게 찔러간 키에르 후작의 검이 프라다의 바로 앞에서
막혔다. 미리 준비하고 있던 방어막이었다.

"호오?"

화륵—!

거대한 불길이 키에르 후작을 덮쳤다. 키에르 후작이 지면
을 박차며 위로 떠올랐다.

"자, 어디 실력을 좀 볼까?"

키에르 후작이 허공을 밟았다. 공중에서 움직일 줄은 몰랐
던 프라다가 깜짝 놀랐다.

쩌엉—!

허공에서 생겨난 방어막과 키에르 후작의 검이 부딪혔다.
하지만 이전처럼 완전히 막을 수는 없었다.

쩌저적—

키에르 후작의 검에 선명하게 맺힌 오러. 그것과 부딪힌 방어막이 금이 가는 소리와 함께 산산히 깨어졌다.

"이런!"

"죽어!"

콰앙—!

키에르 후작의 검이 프라드를 향해 덮쳤다.

거대한 검압이 프라다와 함께 지면을 날려버렸다. 온몸이 산산히 부수어질 그런 위력이었다.

푸스스스—

모래 더미가 위로 떠올랐다. 페라스 자작령 쪽에서는 탄식이, 키에르 후작 측에서는 환호성이 터져나왔다.

"와아아아아!"

거대한 환호성.

역시 마스터라느니, 키에르 후작 만세라느니 하는 헛소리가 지껄여져왔다.

프라다는 아직 죽은 것이 아니었다.

"어이, 영감."

먼지 더미가 서서히 가라앉았다.

그 속에서 거대한 인영이 서서히 그림자처럼 떠올랐다.

"그 괴물은 뭐요?"

어둠의 정령, 아스타로스의 등장이었다.

*   *   *

프라다의 눈이 붉게 물들었다.

광기에 미쳐 버린 듯한 얼굴. 그런 프라다를 오 미터에 육박하는 거대한 검은 늑대가 지키듯 보호한다.

마치 악마와 계약한 자의 모습이었다.

늑대에게서 풍겨오는 위압감에 키에르 후작의 전신에 털이 곤두섰다. 한눈에 보아도 절대 경시할 수 없었다.

"악마와 손이라도 잡았나?"

키에르 후작이 프라다가 부리는 늑대를 보며 물었다.

프라다는 그 물음에 피식 웃음을 흘렸다.

"전번 녀석과 똑같은 질문을 하는군."

"피어드 공작과?"

키에르 후작의 인상이 와락 구겨졌다.

"그런 녀석과 같은 취급을 하는 건 별로 달갑지 않군."

"동감이네. 그 녀석 보다는 자네가 낫군."

피어드 공작을 상대해 본 프라다였다.

그때, 프라다는 피어드 공작을 확실히 이기기 위해 아스타로스를 꺼냈다. 달리 말하면 꺼내지 않아도 어찌 이길 방도는 있었다.

하지만 키에르 후작은 달랐다. 그는 아스타로스를 꺼내지 않고서는 이길 수 없었다.

'강하군, 검의 위력도, 공중을 밟는 요상한 움직임도.'

아스타로스를 꺼냈지만 방심할 수 없었다. 대충 피어드 공작 수준이라고 생각했던 프라다는 자신의 생각이 오판임을 깨달았다.

"그 녀석도 정령인가?"

"어둠의 정령이네. 아스타로스라고 하면 알겠나?"

"아스타로스……?"

마신의 이름이 나오자 키에르 후작의 눈이 동그랗게 떠졌다.

"정말 그 녀석이 맞나?"

"내 손에 묶여 있지만 않다면… 그 이름을 받고도 남을 녀석이지."

—크르르르

아스타로스가 낮게 울었다.

그 모습에 키에르 후작이 전율했다. 정말이지, 마신이라고 불려도 될 법한 위압감이었다.

"그렇다면 난 오늘 마신을 죽인 인간이 되겠군."

"크큭. 그래 봤자 늙은이 한 명 죽인 인간이야. 이 녀석은 못 죽여."

“모르는 일이지. 하압!”

키에르 후작이 기합성과 함께 프라다를 향해 달려들었다. 그와 동시에 아스타로스의 손이 뻗어갔다.

콰앙—!

아스타로스의 손이 키에르 후작의 검을 막았다. 손톱도 아니고, 맨살로 자신의 검을 막아내자 키에르 후작의 눈이 경악으로 물들었다.

“미, 미친…….”

쐐애애액—

쿵—!

공기를 찢으며 날아간 아스타로스의 주먹이 키에르 후작의 옆구리에 박혔다. 보통 사람이라면 옆구리 자체가 날아갈 정도로 거센 주먹이었다.

하지만 옆구리에 주먹이 박힌 것처럼 보인 것은 착각이었다. 언제 날아들었는지도 모를 사이 키에르 후작의 검이 주먹을 막아낸 것이다.

“크읍.”

키에르 후작이 다시 한 번 허공을 밟았다. 아스타로스에게서 멀리 떨어진 키에르 후작이 조심스레 땅을 밟으며 프라다를 노려봤다.

“과연, 마신이라 할 만하군그래.”

분명 검으로 막았다.

빈틈없이 타이밍도 완벽했고 오러까지 주입했다. 그런데도 완전히 막지 못한 듯, 옆구리에 충격이 가해졌다.

엄청난 위력이었다. 막지 못했다면 그대로 옆구리가 함몰될지도 몰랐다.

"이름이 아깝지 않은 녀석이지. 크크크크,"

프라다가 기이한 웃음을 흘렸다. 키에르 후작은 그것이 광기에 사로잡힌 모습임을 알 수 있었다.

"정말이지 악마와 계약한 모습이로고. 저런 녀석이 신성하다 여겨졌던 정령이라니……."

"어둠의 정령이니 어쩔 수 있나? 그만하고 이제 슬슬 움직이게."

슈욱—

콰직—

키에르 후작이 있던 곳으로 한 자루의 검은 창이 날아들었다. 수직으로 떨어진 검은 창은 정확히 땅에 꽂혔다.

섬뜩한 느낌에 서둘러 몸을 피한 키에르 후작이 아스타로스를 노려봤다. 마스터인 그가 방금 전의 공격이 아스타로스에 의한 것임을 모를 리 없었다.

슈슈슈슈슉—

수많은 어둠의 창이 날아들었다. 하나하나가 신경을 곤두

세우지 않으면 피하기 힘든 쾌속한 공격이었다.

'계속 피할 수만도 없겠군.'

원거리에서는 창이, 근거리에서는 주먹이 날아든다.

참으로 상대하기 골치 아픈 적이었다.

'저 괴물을 직접 죽인다.'

키에르 후작의 신형이 한순간 사라졌다.

사라진 그의 신형이 아스타로스의 등 뒤로 나타났다. 동시에 그의 검에 오러가 선명하게 맺혔다.

우우우웅—

점점 선명해진 오러는 결국 검을 완전히 감출 정도로 짙어졌다. 오러를 압축하고 압축한 결정체였다.

"하압!"

촤아악—!

섬뜩하게 살이 베이는 소리.

아스타로스의 등이 길게 베인 것이다. 아스타로스의 피부가 아무리 단단하다지만, 한순간 고도로 압축한 오러에는 베일 수밖에 없었다.

—쿠어어어어!

아스타로스가 고통스럽게 울었다. 어둠의 정령에, 마신이라고까지 불리지만 고통을 모르는 것은 아니었다.

"크윽!"

프라다의 입에서 역시 고통을 인내하는 신음이 흘러나왔
다. 극히 작은 그 소리였지만, 키에르 후작은 프라다의 약점
을 알 수 있었다.

'이 녀석이 피해를 입으면… 저 노인도 같이 고통스러워하
나 보군.'

굳이 망설일 이유가 없었다.

어차피 아스타로스가 지키고 있는 한 프라다를 직접 공격
하는 것은 힘들어 보였다. 그렇다면 차라리 직접적으로 아스
타로스를 공격하는 편이 나았다.

프라다와 아스타로스가 뒤로 돌았다. 아스타로스와 눈을
마주한 키에르 후작은 망설이지 않고 검을 내려쳤다.

쉬익— 쩡—!

고도로 압축된 오러가 막혔다. 압축된 오러조차 베지 못할
정도로 단단한 손톱이었다.

후웅—

거대한 주먹이 다시 한 번 날아들었다. 위력도 발군이지만,
그 속도 역시 무시하지 못할 정도로 빨랐다.

키에르 후작이 몸을 낮게 숙였다. 바로 위로 아스타로스의
주먹이 스쳐 지나갔다.

촤악—!

키에르 후작의 검이 아스타로스의 허벅지를 베었다. 피는

튀지 않았지만, 아스타로스의 품 안에서 한순간 일그러지는 프라다의 얼굴을 볼 수 있었다.

그때, 아스타로스의 주먹이 위에서 아래로 찍어 내려왔다.

콰아앙―!

키에르 후작이 서둘러 몸을 굴렸다. 오싹할 정도로 위력적인 주먹이었다.

방금 전까지 키에르 후작이 있던 지면에 거대한 크레이터가 생겼다. 구멍 근처에까지 힘의 영향이 미쳐 땅이 부수어져 쩍쩍 갈라지고, 먼지가 위로 들리다 못해 하늘까지 올라갔다.

꿀꺽―

그야말로 섬뜩한 주먹이 아닐 수 없었다. 단순 위력만으로 보면 그 어떤 마스터도 아스타로스를 이길 수 없을 것이다.

'저 녀석이 방어에 연연하지 않는다면, 정말이지 답이 없겠어.'

지금 키에르 후작이 아스타로스를 상대할 수 있는 이유가 바로 한 가지 제약 때문이었다.

아스타로스는 프라드를 보호하는 것을 최우선으로 두었다. 그 때문에 프라다를 감싸듯 품 안에 보호했고, 그 덕분에 공격할 부분이 많았다.

프라다는 키에르 후작을 바라보며 눈을 가늘게 좁혔다. 붉은 안광에서 새오나오던 빛이 서서히 줄어들었다.

‘이것 참, 생각 이상으로 강한 녀석이군.’

아스타로스가 피해를 입으면 프라다 역시 피해를 입었다.

정령이 직접적으로 피해를 입으면 소환자인 그 역시 내상을 입는 것이다.

‘보통 상태로는 이기기 힘들겠어.’

적당히 해서 이길 수 있는 상대가 아니었다. 프라다는 도박을 걸기로 했다.

“최우선 목표를 저자를 죽이는 것으로 해라. 저자를 확실히 죽일 수 있다 생각되면, 내 안전을 생각하지 말고 죽여!”

―쿠어어어어어어!

아스타로스의 울부짖음이 평야에 쩌렁쩌렁 울렸다.

최우선 순위가 바뀌었다.

프라다의 안전보다는 키에르 후작의 죽음. 이렇게 될 경우, 키에르 후작과 프라다가 동시에 죽을 수도 있었다.

“크크크크크큭.”

프라다의 눈에 붉은 안광이 더욱 짙어졌다.

한 순간 폭발한 광기와 살기. 그것은 아스타로스에게 더욱 큰 힘이 되었다.

“어디 둘 다 죽어 보자고.”

*　　　*　　　*

"미, 미친……."

키에르 후작이 이를 갈았다.

아무리 멀리 떨어져 있다지만 마스터인 그의 귀에 프라다가 한 명령이 들리지 않을 리가 없었다.

그의 명령은 즉, 방어를 도외시한 공격.

프라다의 안전을 최우선으로 생각하지 않은 아스타로스는 지금까지와는 비교도 되지 않을 정도로 흉포하게 날뛸 것이었다.

"같이 죽자는 건가?"

쿵 쿵―

아스타로스가 땅을 울리며 걸어왔다.

프라다를 보호하겠다고 웅크리지 않은 아스타로스는 거의 육 미터에 육박했다. 더군다나 검은 피부와 험악한 얼굴은 흉포하기 그지없는 모습이었다.

보기만 해도 공포스럽다. 저런 괴물이 한 마리만 떨어져도 아마 삼천 명이 진을 치고 있는 진형이 쑥대밭이 될 것이다.

'마법사가 문제가 아니었군.'

마법사가 얼마나 강할지는 몰라도, 아스타로스를 부리는 정령사가 훨씬 더 강할 것이었다. 자신이 이렇게까지 고전할 것이라고는 상상조차 못했다.

키에르 후작은 아스타로스의 뒤로 가려진 프라다를 생각하고는 히죽 웃었다.

"그래, 어차피 그 노인만 죽이면 되는 일."

다행히도 프라다는 아스타로스를 소환한 이후 보호만 받았지 다른 힘은 사용하지 않았다. 아무래도 아스타로스를 부리는 제약 중 하나인 듯했다.

그렇다면 아스타로스를 피해서 프라다를 공격하면 된다. 키에르 후작은 그렇게 생각하며 검을 들었다.

─쿠어어어!

멀리서 아스타로스의 울부짖음이 들렸다.

그러나 이미 아스타로스는 키에르 후작의 지척까지 와 있었다.

"언제?"

의문을 해결할 시간이나 있을까?

아스타로스가 거칠게 손톱을 할퀴었다.

콰앙─!

아스타로스의 손톱이 주먹과 함께 지면에 박혔다. 땅이 부서지는 것과 동시에 아스타로스가 몸을 피한 키에르 후작을 쫓았다.

카앙, 쩌엉─!

쩌저저저정─!

키에르 후작의 검과 아스타로스의 손톱이 수없이 부딪혔다.

다급히 아스타로스의 공격을 다 막아내긴 했지만 키에르 후작은 손목이 아릿하게 저려오는 것을 느꼈다. 도무지 괴력을 따라갈 재간이 없었다.

'무슨 힘이……'

속도는 말할 것도 없고, 힘 역시 무식하게 강하다. 마스터에 오르면서 인간을 뛰어넘는 괴력을 발휘할 수 있는 키에르 후작이었지만, 아스타로스는 그런 차원의 괴력이 아니었다.

황급히 활로를 찾던 키에르 후작의 시야에 멀리 떨어져 있는 프라다가 들어왔다.

'그래, 저 노인을 죽이면……'

쿵—

키에르 후작이 허공을 밟았다. 마치 벽을 걷어차고 날아가듯 키에르 후작이 프라다를 향해 쏘아졌다.

—크르르르.

섬뜩한 느낌에 키에르 후작이 옆을 향해 검을 휘둘렀다. 아니나 다를까, 아스타로스가 바짝 따라오고 있었다.

쩌엉—!

오러가 맺힌 검과 아스타로스의 손톱이 부딪혔다. 키에르 후작의 검에 맺힌 오러가 충격을 이기지 못하고 산산이 흩어졌다.

쩍―

기이한 소리.

미세한 소리였지만, 키에르 후작은 그 소리의 정체를 알 수 있었다.

"이런!"

검에 금이 갔다. 오러가 날아가며 아스타로스의 괴력에 의해 생긴 금이었다.

통짜 미스릴로 만들어진 대륙에서 손꼽히는 명검이었다. 마스터의 오러라 하더라도 버틸 수 있는 엄청난 강도는 물론, 오러를 잘 받아들이는 특이한 성질까지 띠고 있었다.

그런 검에 금이 갔다. 오러가 아닌, 순수한 괴력에 의한 것이었다.

후우웅―

대기를 찢어발기는 파공음.

검에 금이 간 것에 당황한 키에르 후작은 미처 반응하지 못했다.

콰앙―!

"커억!"

키에르 후작의 배에 아스타로스의 주먹이 꽂혔다.

거의 배 전체를 두드리는 거대한 주먹. 키에르 후작의 몸뚱

이가 수십 미터를 날아갔다.

　—쿠어어어어!

　아스타로스가 멈추지 않고 키에르 후작을 쫓아갔다. 숨통을 끊어놓고, 그 시체까지 산산이 찢어발기겠다는 괴수의 의지였다.

　쉬익—

　턱—!

　키에르 후작이 허공을 밟았다. 다행히 땅에 처박히는 꼴은 면했지만, 배에서 느껴지는 충격이 엄청났다.

　'피해가 크군.'

　빠르게 다가오는 아스타로스의 모습이 보였다.

　엄청난 위압감이다. 하지만 덩치가 큰데다가 괴력에 비해서는 그렇게 빠르지만도 않다.

　'할 수 있다.'

　키에르 후작은 검을 꽉 움켜쥐었다.

　그리고 아스타로스를 향해 빠르가 몸을 튕겼다.

　—쿠어어!

　아스타로스가 마치 감히 자신에게 덤비냐는 듯, 거세게 울부짖었다. 아스타로스의 손톱이 대기를 찢으며 키에르 후작을 향해 뻗어갔다.

　"하아압!"

빠르게 날아가던 키에르 후작이 다시 한 번 허공을 밟았다. 한순간 가속된 키에르 후작의 속도가 아스타로스의 옆을 스치고 지나갔다.

쫘아악—!

체인 메일의 등판이 찢어졌다. 강철로 만든 단단한 갑옷이건만, 말 그대로 종이처럼 찢어졌다.

키에르 후작은 등이 후끈거리는 것이 느껴졌다. 손톱이 깊게 파고들어 피가 나는 것이다.

하지만 아스타로스를 제쳤다. 남은 것은 프라다와의 직선 거리뿐.

"끝이다!"

키에르 후작의 검이 높게 들렸다.

회심의 미소를 지은 키에르 후작의 신형이 프라다의 바로 앞에서 나타났다.

"끝은 누가 끝이야?"

프라다의 안광이 붉게 물들어 있었다.

그 눈과 마주하는 순간.

푸욱—!

"커억!"

키에르 후작의 등으로, 기다란 검은 창이 꽂혔다.

＊　　　＊　　　＊

풀썩—

키에르 후작의 무릎이 꺾였다.

정확히 심장에 꽂힌 창이었다. 아무리 마스터라지만 심장이 꿰뚫리고 살아남을 수는 없었다.

프라다의 눈이 점점 정상으로 돌아왔다. 붉게 물들었던 흰자위가 다시 제 색을 찾아오고 있었다.

“후우—”

프라다의 몸이 잠시 휘청거렸다.

아스타로스를 사용한 것도 모자라 아스타로스 본체가 피해까지 입었다. 정령력도 남아 있지 않았고, 살짝이지만 내상도 있었다.

‘문제군.’

처음부터 아스타로스를 꺼내 빠르게 키에르 후작을 죽일 생각이었다. 정령력이 남아 여유가 되면 전쟁이 한결 수월해질 테니까.

하지만 이대로는 싸우기는커녕 정신을 놓으면 그대로 쓰러질 판이었다.

“네놈도… 그리 멀쩡하지는… 않은 것 같군……”

키에르 후작이 쓰러진 상태로 고개를 쳐들었다.

프라다의 창백한 얼굴과 구슬땀이 보인다. 프라다 역시 상당히 많이 지쳐 있는 것을 확인하자 그나마 조금 편해졌다.

"기사가… 삼백이다… 정예군이… 삼… 천이고……."

키에르 후작이 사악한 웃음을 흘렸다.

"너희는… 절대……."

키에르 후작의 고개가 떨어졌다.

끝까지 말을 잇지는 못했지만 하고자 했던 말이 무엇인지는 알 것 같았다.

기사가 삼백에 병사가 삼천.

페라스 자작령으로서는 막을 수 있는 병력이 아니었다.

"하지만 어쩌겠나……."

프라다가 입술을 꾹 물었다.

"버텨야지……."

Chapter 04
파거슨

마탑의 영주

“후욱― 하아―”

간신히 외성 위로 올라온 프라다는 거칠게 숨을 내쉬었다.

정령력을 무리하게 쓴데다가 아스타로스를 사용한 탓에 몸에 무리도 있었다. 이래저래 앞으로 한 달은 꿈쩍 않고 요양해야 할 듯했다.

“괜찮으십니까?”

알베르가 걱정스러운 듯이 물었다.

멀리서 볼 때에는 별다른 상처를 입지 않은 프라다였건만, 상당히 지쳐 보였다.

"더는 못 싸워. 그만 부려먹어라."

프라다가 바닥에 풀썩 주저앉았다.

그렇지 않아도 창백한 그의 얼굴을 보면 더 이상 싸울 상태가 안 된다는 것 정도는 알 수 있었다. 알베르는 작게 고개를 끄덕였다.

"그럼 이제부터는 저희들끼리 막아야겠군요."

알베르가 주위에 기사들을 돌아봤다.

"알겠나? 영주님이 깨어나실 때까지… 아니, 저들을 우리들끼리 막는다."

"알겠습니다!"

금룡 기사단과 은룡 기사단이 크게 대답했고, 엘프 청년들은 작게 고개를 끄덕였다.

그 우렁찬 대답에 힘을 얻었는지 병사들 역시 손에 쥔 검과 활, 창 따위를 꽉 움켜쥐었다. 알베르가 멀리 달려오는 상대 진영의 병사들을 바라봤다.

'삼천… 아니, 기사들까지 포함하면 삼천삼백인가?'

무려 열 배에 달하는 수.

수성이라는 이점이 있다지만, 과연 막아낼 수 있을까 의문이 들었다.

'아니, 막아낸다.'

그렇지 않으면 내일이 없으니까.

“와아아아아—!”

키에르 후작측의 병사들이 함성을 지르며 페라스 자작령을 향해 뛰쳐나갔다.

부사령관인 파거슨이 내린 명이었다.

마스터인 키에르 후작의 죽음으로 사기가 다소 내려가긴 했지만, 압도적인 병력의 우세 덕분인지 그렇게 사기가 낮은 것만도 아니었다.

“쯧… 기껏 나가서 죽기나 하고 말이야.”

파거슨이 병사들 틈에 끼어 낮게 혀를 챘다.

설마하니 키에르 후작이 질 줄은 그도 몰랐다. 카르도 아닌, 정령사 따위에게 죽을 줄 누가 알았으랴.

‘그나저나 마법사가 나오지 않는다라… 이거, 어쩌면 운이 좋은 것일지도 모르겠군.’

피거슨이 씨 웃으며 페라스 자작측을 바라봤다.

끝까지 카르가 나오지 않았다. 그라엠 후작의 이야기를 들어보면 평범한 마스터 이상의 무력을 지니고 있을 텐데도 말이다.

굳이 나오지 않은 이유가 있는 것일까?

아니, 그건 아닐 것이다.

‘나오지 못할 이유가 있는 것이겠지.’

파거슨은 금방 카르의 상태를 꼬집었다.

거기까지 생각이 미친 파거슨이 킥킥거렸다.

"생각보다 일이 쉬워지겠어."

스릉—

파거슨의 허리춤에서 검이 뽑혔다.

산보라도 나가듯 그의 발이 가볍게 떨어졌다.

"그럼 공들게 쌓은 탑을 무너뜨리러 가볼까?"

*　　　*　　　*

수많은 병사들과 기사들이 성벽을 덮쳐온다.

성문을 부수고자 가지고 온 거대한 나무통과 성문 위로 올라가기 위한 사다리.

페라스 자작측의 목표물은 그러한 것들을 들고 있는 이들이었다.

"쏴라!"

알베르의 지시에 맞춰 병사들의 활시위가 당겨졌다.

쐐애애액—

바람을 가르며 날아간 화살. 수많은 병사들의 위로 수백 발의 화살이 뿌려졌다.

"크악!"

병사들이 목에 화살이 박혀 쓰러졌다. 정확히 목표물에 맞지 않더라도 아무 곳에나 쏘아도 명중할 만큼 적군 병사는 많았다.

쫘악—

알베르는 검을 쥔 손에 힘을 주었다. 이제 곧, 적군 기사들을 맞을 차례였다.

'분명 뛰어난 기사들도 있을 것이다.'

키에르 후작까지 대동한 적군이었다.

기사들 또한 뛰어난 이들이 많을 터. 엑스퍼트를 넘어 육체가 인간을 뛰어넘은 이들이라면 사다리가 없더라도 성벽을 넘을 수 있었다.

아니나 다를까.

성벽을 부수지 않고, 벌써부터 성벽을 밟고 올라오는 이들이 있었다.

"금룡 기사단, 은룡 기사단, 준비해!"

"네!"

기사들이 우렁찬 대답을 터뜨렸다. 그들 역시 긴장하고 있었다.

은룡 기사단이 각자 마법을 준비하기 시작했다. 은룡 기사단원들은 양손 가득, 환한 불빛이 피워 올렸다.

우우웅—

알베르 역시 준비를 시작했다.

그의 팔에 채워진 팔찌가 작게 울렸다. 신체 기능을 강화시켜 주는 아티팩트였다.

'좋아.'

온몸에 힘이 솟는 것이 느껴진다. 알베르는 잠시 몸 상태를 점검하고는 적군을 기다렸다.

슈슈슉―

몇 명의 기사들이 성벽 위로 올라섰다.

가벼운 몸놀림. 마치 도약 한 번으로 성벽을 넘어온 것만 같았다.

그렇게 넘어온 기사들은 그 수가 그리 적지 않았다. 대략 여섯 명 정도의 기사들이 성벽 위로 올라왔다.

하나하나가 알베르와 비슷한 수준의 기사들. 검을 쥔 알베르의 손이 축축하게 젖었다.

'최상급 엑스퍼트가… 여섯?

생각 이상의 전력이었다. 설마하니 여섯 명이나 되는 최상급 엑스퍼트가 있을 줄이야.

긴장된 표정으로 그들을 훑어보던 알베르의 시야에 익숙한 얼굴이 들어왔다.

"너, 넌?"

"오, 이게 누구십니까? 알베르 기사단장님 아닌가요?"

킥, 하며 짧은 웃음을 흘리며 다가오는 분위기에 맞지 않는 인사를 건네는 이.

아주 오래전, 한때나마 페라스 자작령에서 일했던 파거슨이었다.

"네가… 어떻게 여기에?"

"모르셨습니까? 제가 이들을 지휘하는 사령관입니다. 원래는 부사령관이었는데, 아쉽게도 키에르 후작님이 죽어 버려서요."

파거슨은 히죽 웃으며 주위를 둘러봤다.

다섯 명의 기사가 파거슨의 곁으로 섰다. 마치, 주군을 지키는 듯한 모양새였다.

"이들은 그라엠 후작님이 준비한 기사들입니다. 한 명 한 명이 최상급 엑스퍼트에 이르는 실력자들이죠. 원래라면… 이들 한 명만으로도 금룡 기사단을 쓸어버릴 수 있는데……"

파거슨이 주위를 둘러봤다.

검을 꼬나쥐고, 자신들을 포위한 금룡 기사단의 모습이 보였다. 또한 그 뒤로 양손에 불의 구 따위를 만들어 자신들을 경계하는 이들도 있었다.

파거슨은 거의 마스터에 근접한 무위를 가진 실력자였다.

한눈에 보아도 금룡 기사단의 평균적인 수준이 높아졌다

는 것을 알 수 있었다. 또한 그들을 지휘하는 알베르의 수준은 말할 것도 없다.

"도대체 이게 어떻게 된 일일까요?"

"너희가 여기서 죽을 거라는 이야기지."

하메른이 앞으로 나서며 목검을 치켜들었다.

파거슨의 시선이 하메른에게로 옮겨졌다. 목검을 발견한 파거슨의 미간이 좁혀졌다.

"그건 뭡니까? 여기가 애들 놀이터도 아니고."

"걱정 마라. 이 검으로도 네놈 목 정도는 충분히 떨어뜨려 줄 수 있으니."

"흐음……."

파거슨이 턱을 쓰다듬으며 하메른을 유심히 지켜봤다.

"그래… 보통 실력자는 아닌 것 같긴 하네요."

그의 입가에 미소가 진하게 번져갔다.

"생각보다 시시하지는 않겠습니다. 공든 탑을 무너뜨리는데 이 정도 성의는 보여야지, 안 그러면 재미가 없지요."

"성격이 좋지 않군."

하메른을 선두로, 스무 명의 엘프 청년이 뒤를 따랐다.

그들 역시 금룡 기사단과 마찬가지로 몸을 강화하는 아티팩트를 지닌 채였다.

"그 뒤에는 못 보던 얼굴인데, 새로운 기사단입니까? 마법

을 쓰는 기사단도 생겼는데, 이제는 목검을 쓰는 기사단까
지… 다양해졌군요."

"말이 많군."

파앗―!

하메른의 신형이 빠르게 앞으로 튀어나갔다.

높게 들린 하메른의 목검이 파거슨의 위로 떨어졌다. 정확
히 파거슨의 안면을 노리고 들어간 검은 당장에라도 몸을 양
단할 것만 같았다.

카앙―!

하메른의 눈동자에 동요가 일었다.

제대로 볼 수도 없었다. 도대체 언제인지 파거슨이 검을 뽑
아 하메른의 검을 막은 것이다.

타탓―

하메른이 황급히 뒤로 물러났다. 방금 전, 한 번의 공방으
로 파거슨의 실력을 알아차렸다.

'최소한 나보다는 강하겠군.'

마스터만큼은 아니더라도, 최소한 인간들 기준에서 최상
급 엑스퍼트의 실력은 아니었다.

말하자면 최상급 엑스퍼트와 마스터의 중간 정도의 수준.
마스터가 아니라는 것에는 안심이지만, 회의적이라는 것에는
변함이 없었다.

“알베르.”

하메른의 부름에 알베르가 고개를 끄덕였다.

“합공한다.”

*   *   *

금룡 기사단과 은룡 기사단, 엘프 청년 스무 명이 여섯 명의 사람을 둘러쌌다.

여섯 명의 사람은 모두가 최상급 엑스퍼트에 오른 이들이었다. 그중 파거슨은 엑스퍼트 최상급을 뛰어넘는 무위를 지니고 있었다.

최상급 엑스퍼트.

그 경지는 얕볼 것이 아니다. 마스터라는 괴물들에 의해 가려져 있다 뿐이지, 최상급 엑스퍼트는 단신으로 어지간한 기사단 하나를 괴멸시킬 정도의 실력자다.

열 명이 모이면 마스터를 막아낼 수 있고, 열다섯 정도면 승부를 걸어볼 만하다.

그렇기에 국가에서 최상급 엑스퍼트의 수는 그 국가의 무력을 정하는 기준이 되기도 했다.

‘이런 괴물들이 여섯 명이라……’

알베르는 상대의 전력과 자신들의 전력을 비교했다.

'모르겠군.'

금룡 기사단은 전원 모두가 엑스퍼트 상급에 이르는 전력을 가지고 있다. 아티팩트의 힘을 빌린 덕분이었다.

엘프 청년들 역시 금룡 기사단과 비슷한 수준. 즉, 대략 오십여 명의 상급 엑스퍼트가 있다는 뜻이었다.

'상급 엑스퍼트 열 명이 최상급 엑스퍼트 한 명을 막을 수 있을까?'

의문이었다.

하지만 막을 수밖에 없었다. 지금 이 자리에서 자신들이 죽으면, 전쟁은 그대로 끝이다.

"후웁!"

알베르가 한껏 오러를 끌어올렸다.

그의 검을 타고 오러가 흘렀다. 검신을 감싼 오러가 아름답게 너울거렸다.

"하압!"

콰앙―!

알베르가 걷어찬 성벽의 바닥이 움푹 파였다. 오러를 폭발시킨 알베르의 힘은 어마어마했다.

알베르의 출수와 동시에 금룡 기사단과 엘프 청년들이 움직였다. 은룡 기사단은 마법으로 그들을 도와주기 위해 뒤로 빠졌다.

콰콰콰쾅—!

은룡 기사단의 마법이 날아들었다. 파거슨을 비롯한 여섯 명의 기사들을 향해서였다.

폭음과 함께 잠시 뿌연 먼지가 생겨났다. 알베르의 검이 가장 먼저 먼지 속을 찔렀다.

쐐애액—!

슈욱—!

알베르의 검이 허공을 갈랐다. 먼지 속에서 다섯 명의 기사들이 빠져나왔다.

"합공해!"

알베르가 금룡 기사단을 향해 소리쳤다. 금룡 기사단은 미리 약속이라도 한 듯, 각자 호흡을 맞춰 공격을 감행했다.

"저는 무시하십니까?"

먼지가 걷히고 그 속에서 음산한 목소리가 흘러나왔다.

알베르는 그제야 먼지 속에서 파거슨이 빠져나오지 않았다는 것을 깨달았다.

'아차!'

하지만 깨달았을 때에는 늦었다.

파거슨의 검이 알베르의 얼굴을 향해 찔러 들어왔다.

검 끝이 반짝이며 알베르의 얼굴을 꿰뚫을 것만 같은 그 순간.

쩌엉—!

하메른의 검이 파거슨의 검을 쳐냈다. 검이 멀리 날아간 파거슨은 황급히 뒤로 물러섰다.

한순간에 머리가 꿰뚫릴 뻔한 알베르는 안도의 한숨을 내쉬었다. 잠깐의 방심이 생사를 결정할 수 있는 전장에 와 있다는 사실을 망각한 듯했다.

"고맙다."

"조심해라. 저 녀석, 둘이 합공해도 못 이길지도 모른다."

하메른은 목검을 파거슨에게로 겨누며 긴장된 어조로 말했다. 이렇게까지 긴장한 하메른의 모습은 처음 보기에 알베르 역시 덩달아 긴장할 수밖에 없었다.

"그러지."

"작당은 끝났습니까?"

파거슨은 어깨에 검을 올려놓고 있었다.

마치 구경이라도 하겠다는 듯이. 최상급 엑스퍼트에 이르는 알베르와 그에 준하는 실력을 가진 하메른을 눈앞에 두고 엄청난 여유가 아닐 수 없었다.

"그러다 죽는다."

하메른이 진득한 살기를 쏘아냈다. 여유만만한 파거슨의 모습이 심히 마음에 들지 않았다.

파거슨은 히죽 웃었다. 그에게는 지금의 싸움이 단순한 여흥에 지나지 않았다.

"하압!"

하메른과 동시에 알베르가 파거슨을 향해 쏘아지듯 달려들었다. 한순간 잔상을 남길 정도로 빠른 움직이었다.

쩌엉—!

파거슨이 횡으로 길게 검을 휘둘렀다. 눈에 보이지 않을 정도로 빠르게 휘둘러진 검은, 알베르와 하메른의 검을 동시에 튕겨냈다.

"크윽!"

알베르는 손목이 저릿하자 인상을 찡그렸다. 파거슨의 검에 실린 위력이 어마어마했다.

'굉장한 위력이군.'

엑스퍼트 최상급을 훨씬 상회하는 위력이다. 이 정도 위력에 오러까지 씌워진다면, 어쩌면 통짜 아담으로 만들어진 성문을 부술 수 있을지도 모르겠다는 생각이 들었다.

후우웅—

그때 파거슨과 알베르, 하메른이 있는 공간으로 뿌연 안개가 피어올랐다. 시야를 방해하는 안개는 파거슨의 감각을 무디게 만들었다.

"어라?"

파거슨이 고개를 갸웃거리며 몸을 움직였다.

쉬익—

파거슨의 겨드랑이 사이로 목검 한 자루가 지나갔다. 심장을 노리고 쏘아진 하메른의 찌르기였다.

콱—

파거슨이 겨드랑이 틈으로 하메른의 검을 잡았다. 씩 웃음을 보인 파거슨이 팔을 비틀었다.

후웅—

하메른의 몸이 허공으로 붕 떴다. 허공으로 날아간 하메른을 향해 파거슨이 검을 내질렀다.

쉬익—

쩌엉—!

쩌렁쩌렁한 파공음.

파거슨의 눈이 크게 뜨였다.

"이건… 뭡니까?"

하메른이 공중에 몸을 띄운 상태로 파거슨의 검을 막아냈다. 허공으로 던져졌건만, 무척이나 안정된 자세였다.

하메른이 엘프라는 것을 미리 들어서 알고 있었던 알베르는 그것이 정령에 의한 힘이라는 것을 알 수 있었다.

'그래도 그렇지, 허공에서 저렇게 자유자재로 움직이다니… 대단하군.'

하메른이 적극적으로 정령을 응용하는 것을 본 적이 없었기에 신기함은 더했다. 하늘에서 자유자재로 움직일 수 있다면, 아마 싸움에 있어서 상당히 유리한 고지를 차지할 수 있으리라.

쉬익—

카카캉—!

알베르의 검이 파거슨을 덮쳤다. 동시에 하메른 역시 그에 호응하듯 검을 내질렀다.

파거슨이 뒤로 살짝 물러나며 양쪽에서 뻗어오는 검을 막았다. 순식간에 수십여 번의 공방이 나누어졌다.

"대단하군요. 그 짧은 사이, 상당히 많이도 발전하셨습니다?"

파거슨이 알베르를 보며 이죽거렸다. 검을 나누면서 입을 놀릴 정도로 여유가 있다는 뜻이었다.

알베르는 이를 악물었다. 과거 일개 총관이었던 파거슨에게 검으로 이렇듯 비웃음을 당할 줄 누가 알았으랴.

'평범하지 않다고 생각은 했지만… 설마 이런 실력을 가지고 있을 줄이야.'

알베르도 알베르지만 파거슨은 파거슨대로 상당히 놀란 상태였다.

'도대체 어떻게 이렇게 강해진 거지? 알베르만이 아니라 기사단 전체가……'

파거슨은 알베르와 하메른을 상대하면서 힐끗힐끗 주위를 둘러봤다.

금룡 기사단과 수상쩍은 청년들, 그리고 마법을 사용하는 기사들이 합세해 함께 온 다섯 명의 최상급 엑스퍼트들을 막아내고 있었다.

예상대로라면 함께한 기사들 중 한 명만 나서도 충분히 처리가 가능했다. 페라스 자작령은 마법사인 카르만 제외하면 보잘것없는 변방의 자작가에 지나지 않았다.

한데, 지금은 다섯 명의 엑스퍼트와 자신이 나서도 쉬이 밀리지 않았다. 더군다나 삼백여 명의 병사는 단단한 성문을 방패삼아 아직까지도 훌륭히 방어를 하고 있었다.

'예상외로군.'

공든 탑이 자신의 손을 거치지 않고 더욱 단단해졌다.

생각을 벗어난 전개에 파거슨은 더욱 진하게 웃었다.

"큭큭큭. 영주성에는 영주님이 계시겠죠?"

쩌엉—!

파거슨이 검을 크게 휘둘러 알베르와 하메른을 떼어냈다.

오러를 짙게 두른 일격이었다. 위력이 엄청나 알베르와 하메른은 동시에 물러날 수밖에 없었다.

알베르의 눈이 가늘게 좁혀졌다. 카르를 언급하는 파거슨 때문이었다.

"역시… 그라엠 후작님과의 싸움으로 한동안 움직이기 힘든 부상을 입거나 한 모양입니다? 그렇다면… 여기만 돌파하면 일이 상당히 쉬워지겠군요."

파거슨이 즐겁게 웃었다.

"그라엠 후작님도 놓친 마법사를 잡는다… 정말 즐겁겠습니다."

"네 이놈!"

알베르가 버럭 소리를 지르며 노호성을 터뜨렸다.

그 말이 틀리지 않았다. 예리한 부분을 지적하는 파거슨이었다.

쉽게 보내지 않을 것이다. 알베르는 이를 악물며 검을 꽉 움켜쥐었다.

"그리 반응하는 것을 보면 제 생각이 맞는 모양이군요."

파거슨이 검을 꽉 움켜쥐었다.

"그렇다면 망설일 것 없지요. 지금부터는 그만 놀고, 진지하게 가겠습니다."

공손한 말과는 달리 파거슨의 몸에서 강렬한 기세가 뿜어져 나왔다.

지금까지의 공방은 모두 장난이었다는 듯, 무시무시한 기세였다. 그 속에는 지금까지 조금도 들어 있지 않았던 살기까지 스며들어 있었다.

알베르와 하메른의 긴장이 더욱 짙어졌다.

최상급 엑스퍼트의 기세가 아니다. 마스터가 아닐까 착각이 일어날 정도다.

하지만 방금 전, 키에르 후작과 프라다의 싸움을 보았기에 알 수 있었다. 파거슨은 마스터 또한 아니었다.

"그럼 갑니다."

친절하게 출수를 알려준 파거슨이 발을 튕겼다.

쿵─!

거대한 울림이 성벽을 타고 진동했다. 단 한 번 발을 튕겼을 뿐인데도 그러했다.

빠른 속도로 파거슨의 신형이 쏘아졌다. 파거슨은 검을 가로로 눕히더니 알베르의 허리를 노리고 검을 휘둘렀다.

쩌엉─!

알베르가 달려오는 파거슨의 검을 막았다. 검을 마주한 알베르의 검이 부르르 떨렸다.

'무슨 힘이…….'

엄청난 위력이었다.

더군다나 검을 감싸고 있는 오러 역시 자신의 오러보다 훨씬 짙고 정순했다.

파거슨의 오러가 알베르의 오러를 압도했다. 조금씩 알베르의 오러를 갉아먹는 파거슨의 오러가 알베르의 속을 두드렸다.

"크윽!"

내상.

오러의 극명한 차이로 인해 충격을 받았다.

쉬익—

촤아악—!

빠르게 날아온 하메른의 목검이 성벽의 바닥을 종잇장처럼 찢었다. 파거슨을 노리고 날아간 검이었지만, 삽질한 셈이었다.

하메른은 위를 향해 날아간 파거슨을 노려봤다. 십여 미터를 위로 떠오른 파거슨은 검을 머리 위로 쳐들고 땅 아래로 내려왔다.

쉬이이이이익—

콰앙—!

알베르와 하메른이 황급히 그 자리를 피했다. 파거슨의 검이 내리쳐지면서 어마어마한 오러의 파동이 일었다.

그 자리에 계속 있거나, 막겠다고 버텼다면 아마 저 파동에 휘말렸을 것이다. 그랬다면 아마 지금쯤 몸이 성히 남아 있지 않았으리라.

'엄청나군.'

쿵—

성벽의 위로 거대한 구멍이 생겨났다.

족히 지름이 삼 미터는 됨직한 구멍. 오직 검 하나로 만들어낸 크레이터였다.

파앗—

파거슨은 시간을 끌 의향이 없었다. 서둘러 알베르와 하메른을 처리하고, 성 안에 있는 카르를 죽이고 싶었다.

빠르게 쏘아진 파거슨의 검을 하메른이 막았다. 그 틈을 타 알베르가 검을 휘둘렀지만, 파거슨의 검은 두 사람과 비교도 되지 않을 정도로 빨랐다.

카앙— 카가강—!

쩌정—!

파거슨의 검이 알베르와 하메른을 몰아쳤다. 마치 검으로 폭풍을 막는 것처럼 알베르와 하메른이 속수무책으로 밀렸다.

"크윽!"

하메른이 이를 악물며 한 손을 뻗었다.

화륵—!

고온의 화염이 파거슨의 뒤를 노리고 쏘아졌다. 갑작스러운 공격에 파거슨이 일순 당황했다.

쾅—!

폭염이 파거슨을 강타했다. 정확하게 명중한 것이다.

"후욱— 후욱—"

"하아—"

알베르와 하메른이 거친 숨을 몰아쉬었다. 이 정도 공격으로 파거슨이 당했을 것 같지는 않았다.

'이렇게 버티고 있는 것도… 영주님이 만들어 주신 아티팩트 덕분인가?'

힘을 강하게 만들고, 몸을 가볍게 만드는 아티팩트.

그 효과는 단순하지만, 효율성은 결코 단순한 것이 아니었다.

중급 엑스퍼트가 착용하면 거의 상급 엑스퍼트와 같은 힘을 발휘한다. 그렇다고 상급 엑스퍼트가 최상급 엑스퍼트와 같은 힘을 발휘하는 것은 아니지만, 본신의 힘 이상의 힘을 발휘한다는 것만은 틀림없다.

지금 알베르와 하메른은 아티팩트의 힘을 빌려 평범한 최상급 엑스퍼트 이상의 힘을 발휘하고 있었다. 그런데도 이렇듯 파거슨에게 밀린다.

화륵—

아니나 다를까.

화염 속에서 파거슨은 멀쩡히 움직였다. 저 정도 불꽃이라면 알베르 역시 오러로 몸을 보호해 멀쩡히 움직일 수 있었다.

'저 녀석을 이기려면, 최소한 최상급 엑스퍼트 다섯은 필요하겠군.'

다르게 말하면 파거슨과 같은 실력자 셋이면 마스터와도 일전을 벌여볼 만하다는 뜻이다.

새삼 파거슨의 괴물 같은 힘을 실감하자 알베르는 몸을 부르르 떨었다. 과연 지금 자신들이 파거슨을 막을 수 있을까 하는 의구심이 들었다.

화륵―

파거슨은 손을 휘둘러 몸에 달라붙어 있는 불길을 떨쳐냈다.

입고 있는 갑옷이 살짝 그을렸을 뿐, 파거슨은 멀쩡해 보였다. 하지만 표정은 썩 좋지 않았다.

"당신… 마법사였습니까?"

파거슨이 하메른을 노려봤다.

하메른은 고개를 저으며 대답을 대신했다.

"아하, 그렇다면 정령사겠군요. 그것도… 엘프."

파거슨의 말에 하메른의 눈이 크게 뜨였다. 정령사인 것까지는 몰라도 엘프라는 것까지 눈치채리라고는 생각하지 못했다.

엘프들의 모습은 카르의 마법으로 가려져 있는 상태였다. 파거슨의 수준으로 이러한 사실을 간파하지는 못했을 터인데 어찌 된 일인지…….

"고서에서 읽었습니다. 나무로 만든 무기를 사용하면서, 정령을 부리는 종족. 과거에 인간들과 같은 성세를 누린 종족인데, 지금은 멸족되었다고 하더군요."

파거슨이 신기하다는 듯이 하메른을 바라봤다.

"그런데 어떻게 이리 버젓이 살아 있는지… 뭐, 알 바는 아닙니다만."

스윽―

파거슨이 검을 높게 들었다.

그의 얼굴이 지금까지와는 달리 굳었다. 살기가 가득한 얼굴은, 당장에라도 파거슨과 하메른을 죽이겠다는 의지로 가득했다.

"킥킥킥. 생각해 보니까… 귀찮게 이렇게 싸울 필요가 없더군요. 그냥 이 성벽을 허물고, 삼천 명의 병사로 밀어붙이면 되는 것을."

"성벽을… 허물어?"

알베르가 말도 안 된다는 듯 되물었다.

"이렇게 싸우는 것보다는 그 편이 편하지 않겠습니까? 당신이 선물한 불길 속에서 곰곰이 생각해 보니 그러는 게 훨씬 편할 듯하더군요."

"네놈……."

하메른이 이를 갈며 파거슨을 노려봤다.

파거슨은 계속해서 킥킥 웃었다. 제정신이 아닌 것처럼 웃는 모습이 섬뜩하기까지 하다.

우우웅—

어마어마한 오러가 파거슨의 검 끝에 모여든다.

알베르로서는 감히 감당할 수 없는 위력이 실렸다. 느껴지는 힘으로 보아 가히 마스터의 일격이나 다름없다.

저게 그대로 부딪히면 정말로 성벽이 무너질지도 모른다.

하메른이 소리쳤다.

"막아!"

그렇지 않아도 알베르가 달려가고 있었다.

하지만 이미 파거슨의 입가에 미소는 활짝 피워진 후였다.

"이걸로 끝이요."

우우우우웅—!

파거슨의 검 끝이 성벽을 후려쳤다.

Chapter 05
그라엠 황제

마탑의 영주

콰직—

파거슨의 검이 성벽의 바닥에 꽂혔다.

예상했던 폭발 따위는 없었다. 검 끝에 모여든 오러가 폭발하며 성벽이 무너질 줄 알았는데, 너무나도 고요했다.

파거슨도, 알베르도, 하메른도 어리둥절했다.

도대체 이게 어떻게 된 일이란 말인가?

그 이유는 뒤이어 들려온 음성을 통해 알 수 있었다.

"이거, 딱 맞춰서 왔네."

너무나도 익숙하고 반가운 음성.

알베르의 고개가 확 돌아갔다.

"영주님!"

괘씸할 만큼 하늘에 떠 있는 상태로 장난스럽게 손을 흔들고 있는 이.

카르였다.

*   *   *

카르와 로오돈이 있는 공간은 누워 있으면 어디가 위고, 어디가 아래인지도 구분하기 힘들 정도로 새하얗기만 했다.

도서관에서 모든 책장과 책들이 사라진 공간. 카르는 그곳에서 드디어 열 번째 죽음을 경험하고 있었다.

"으아아악!"

찢어질 듯한 고함. 머리를 부여잡으며 카르가 바닥을 나뒹굴었다.

"흠, 이제는 그래도 제법 버티는구나. 익숙해 진 건가?"

로오돈이 신기하다는 듯이 그런 카르를 바라보았다. 마치 인간은 신기해라고 말하는 표정이다.

"지, 지금… 남 일이라고 쉽게 말하십니까? 끄으윽……"

"호오, 말까지 할 여유가 있는 건가? 그것 참, 신기하구만."

"신기는 무슨… 끄아아악!"

한참을 머리를 부여잡으며 나뒹굴던 카르가 결국 바닥에 대자로 뻗었다.

이렇게 누워 있으면 마치 허공에 붕 떠 있는 느낌이었다. 바닥의 차가운 느낌이 없었다면 아마 바닥이라는 것도 모를 것이다.

"그래도 이제 견딜 만하지?"

"끙……."

카르가 머리를 흔들며 자리에서 일어났다.

부정의 의미보다는 아직 지끈거리는 머리 때문이었다.

"어떻게 된 겁니까?"

왜 고통이 점점 줄어드냐는 뜻.

단순히 익숙해 졌기 때문이 아니었다.

"내 지식을 받아들일 만큼 네 그릇이 커졌다는 뜻이지. 처음에야 억지로 구겨 넣느라 무리를 심하게 했지만, 지금은 그렇지만은 않거든."

간단한 말이었지만 카르는 이해할 수 있었다. 실제로 그 또한 머릿속이 한결 넓어졌다는 느낌을 받고 있으니 말이다.

보이지 않던 것이 보였다. 마법의 또 다른 부분을 보는 듯, 모르던 부분이 둑처럼 무너졌다.

대흑마법사 로오돈.

마법의 종주라고 할 만한 인물이다. 비단 흑마법뿐만 아니라 일반 마법들에도 통달한 지식을 가지고 있다.

스승인 니르단이나 카르 자신으로서는 감히 그를 따라갈 엄두가 나지 않았다. 로오돈이라면 그라엠 후작이라고 하더라도 가뿐히 누를 수 있을 것 같았다.

"그런데 지금 시간이 얼마나 지났습니까? 이거야 원, 몇 번 기절하다 보니 시간을 알 수가 있어야죠."

카르의 몸은 현재 가사 상태나 다름없었다.

심상 공간에 가둬져 있는 의식은 아무리 몸을 흔들어도 깨지 않는다.

더군다나 이곳과 바깥의 시간 개념도 다를 테니 얼마나 시간이 흘렀는지 알 수 없었다.

"나도 몰라! 아마 두세 달 정도 지났겠지."

"생각보다 많이 지났네요. 여기서 제가 멀쩡한 걸 보면 별일은 없는 듯도 하고……."

고개를 갸우뚱하던 카르가 자리를 털고 일어났다.

"아무튼 감사합니다. 로오돈님도 이 지식을 얻기 위해 그 많은 희생과 노력을 하셨는데… 저에게 이렇게 쉽게 선물하시고."

"됐다. 내 과오를 돌리기 위한 안배일 뿐이다. 그것보다 그라엠 후작인가? 그 녀석이나 제대로 족치기나 해! 안 그러면 마법의 부흥이고 뭐고 없어!"

　로오돈이 다시금 강조하듯 말했다. 카르 역시 인지하고 있는 사실이기에 담담히 고개를 끄덕였다.

　"알겠습니다."

　"그럼 이만 헤어지도록 하자꾸나."

　스스스—

　로오돈의 몸이 점차 흐릿해졌다.

　카르는 당황하지 않았다. 자신의 몸 또한 흐릿해 지고 있었다.

　잠이 깨어나는 것이다. 엉망으로 망가졌던 자신의 몸이 회복되고 로오돈의 안배를 모두 받아들여 심상 공간에 남아 있던 미련이 없어졌다.

　걱정하는 사람이 많을 것이다. 이제 슬슬 깨어날 때도 되었다.

　"감사합니다."

　카르가 허리를 깊게 숙였다.

　로오돈은 지금까지 보여주지 않았던 인자한 미소를 지으며 카르의 인사를 받았다.

*　　　　*　　　　*

"생각보다 상황이 급한 모양이야?"

카르는 살짝 치켜 뜬 눈으로 파거슨을 바라봤다.

카르의 등장에 놀란 표정을 짓는 파거슨. 카르는 그에게서 주위로 시선을 돌렸다.

금룡 기사단과 은룡 기사단, 엘프 청년들이 힘을 모아 몇몇 기사들을 상대하고 있었다. 수적으로 열 배 가까이 우세한데도 불구하고 상당히 고전하는 모양이었다.

'저 다섯 명 전부가 최상급 엑스퍼트인가?

엄청난 전력이었다.

또한 파거슨 역시 최상급 엑스퍼트를 상회하는 실력을 가지고 있었다.

'조금만 늦었어도 큰일 날 뻔했군.'

파거슨의 검에 실린 오러는 어마어마했다.

아마 그대로 검이 정상적으로 휘둘러졌다면, 마스터의 검 압 이상 가는 힘이 방출되었을 것이다.

그랬다면 필시 성벽이 허물어졌을 터. 더불어 성벽 위에서 싸우고 있는 기사들 역시 피해를 입었을 것이다.

수적으로 우세함에도 금룡 기사단은 상당히 밀리고 있었다.

다른 이유가 아니었다. 사다리를 타고 올라오는 병사들을 막고자 열 명 정도의 기사 전력이 분산되었기 때문이다.

최상급 엑스퍼트의 힘은 강하다. 금룡 기사단이 아무리 개개인이 중급 엑스퍼트 이상 가는 힘을 가지고 있고, 아티팩트로 무장했다지만 상대하기가 쉽지 않다.

솔직히 지금까지 막아낸 것만 해도 대견스럽다.

"이제부터는 내가 하지."

카르가 천천히 성벽 위로 내려왔다.

파거슨은 표독스럽게 눈을 찢었다. 그가 눈짓하자 여기저기서 검을 휘두르고 있던 다섯 명의 최상급 엑스퍼트가 모여들었다.

다섯 명의 기사들도 금룡 기사단과 엘프 청년들도 지친 것은 매한가지였다. 굳이 더 지친 쪽을 꼽자면 금룡 기사단 쪽이긴 했지만.

"그간 잘 지냈나?"

"영주님도 그간 안녕하셨습니까?"

파거슨이 마주 웃으며 인사를 건넸다.

하지만 그 표정이 지금까지와는 달리 그리 여유롭지만은 않았다. 카르의 등장으로 전세가 바뀌었다는 것을 그도 아는 것이다.

"안녕이라… 좋은 꿈을 꾸긴 했지."

"방금 일어나셨나 보군요."

"그래."

"하루만 더 늦게 일어나셨으면 좋았을 것을……."

"아쉽게도 자고만 있을 상황 같지가 않아서 말이지."

한껏 여유로운 카르다. 삼천 명에 이르는 병사와 삼백에 이르는 기사, 최상급 엑스퍼트 다섯과 그를 뛰어넘는 무력을 가진 파거슨.

이 어마어마한 군대 앞에서도 당당하다.

'무얼 믿고?'

파거슨이 눈살을 찌푸리며 카르를 바라봤다.

설마하니 스스로의 무력 하나를 믿는 것인가? 그거라면 큰 오판이었다.

'함께 온 기사들도 그리 약하지 않다. 병사들도 삼천이나 되고… 다섯 명의 최상급 엑스퍼트와 내 실력이면 마스터와도 승부를 걸어볼 만하다.'

파거슨은 주눅 들지 않았다.

상황이 묘해지긴 했어도 아직 회의적일 필요는 없었다. 전열을 가다듬고, 성벽을 무너뜨려 삼천 대 삼백의 승부로 가면 충분히 이길 수 있다.

우우웅—

파거슨의 검이 잘게 떨렸다.

오러를 집중할 때의 울림이었다. 단번에 성벽을 부숴버리고 전세를 역전시키고자 함이었다.

“뭐해?”

<u>스스스스―</u>

파거슨의 검 끝에 모여들었던 오러가 잦아졌다.

당황한 파거슨이었다. 왜 갑자기 끌어 올리던 오러가 흩어졌는지 알 길이 없었다.

“오러는 마나를 유형으로 변형시킨 것. 그걸 다시 마나로 바꾸면 검사들은 어떻게 할 길이 없지.”

카르가 친절하게 파거슨의 의문을 해결해 주었다.

파거슨의 실력은 뛰어나나 로오돈의 지식을 물려받은 카르에 비할 바는 아니었다.

오러는 곧 마나를 유형화시킨 힘이었다. 오러와 마나를 다르게 보는 것 자체가 잘못된 것이다.

카르는 다른 사람의 오러에 개입해 그 성질을 바꾸는 것이 가능했다.

조금 번거롭긴 해도 파거슨 정도의 실력이라면 불가능한 것도 아니었다.

타인이 가진 고유한 힘에 개입하는 것.

카르가 얻은 로오돈의 지식 중 하나였다.

“말도 안 돼⋯⋯.”

파거슨이 이를 악물었다.

설마하니 카르가 이런 것까지 가능할 줄이야. 계산이 많이 어긋나 버렸다.

"후퇴해! 전열을 가다듬는다!"

파거슨은 이대로는 승산이 없다는 것을 깨달았다. 카르 혼자만이라면 모를까, 지금 이 자리에는 알베르를 비롯한 기사단까지 있었다.

파거슨의 명이 떨어지자 다른 다섯 명의 최상급 엑스퍼트가 분주히 움직였다. 곧장 성벽 아래로 뛰어내릴 듯 몸을 튕기는 것이었다.

"어딜!"

알베르가 황급히 그들을 저지하고자 나섰다.

하지만 그보다 한 발 앞서 카르의 마법이 날아들었다.

쿠쿠쿠쿠—

거대한 강철벽이 성벽 위로 솟아났다. 성벽 위로 솟아난 벽은 사다리를 타고 올라오던 적군 병사들과 성벽 아래로 도망치려던 기사들을 저지했다.

"이까짓 벽!"

파거슨의 검에 오러가 맺혔다. 한눈에 보아도 단단해 보이는 벽이지만 강철이라고 해도 베어낼 수 있는 파거슨이었다.

카앙—!

파거슨의 검이 벽의 겉면을 긁었다. 긁힌 듯 조금 자국이 남긴 했지만 벽은 멀쩡했다.

"그 정도로 부숴질 리 있나?"

카르가 씩 웃었다.

파거슨의 표정이 다급해졌다. 도주를 할 방법조차 막혀 버린 것이다.

그 순간 파거슨이 다섯 명의 기사를 향해 눈짓했다. 다섯 명의 기사는 그 눈빛을 이해하고는 곧장 몸을 날렸다.

파거슨을 비롯한 다섯 명의 기사와 카르의 거리는 고작 십여 미터 남짓.

최상급 엑스퍼트인 그들에게는 있으나마나 한 거리였다. 거리란 마법사와 검사의 싸움에 있어 가장 중요한 요소였다.

"헛수고들 하는군."

콰콰쾅—!

연속적으로 이루어진 폭발.

파거슨을 비롯한 다섯 명의 기사의 지척에서 터진 폭발은 강한 열기를 동반하고 있었다.

황급히 검으로 폭발로부터 몸을 보호했지만 그 위력이 결코 약하지 않았다. 후끈거리는 열기를 느끼며 기사들이 뒤로 물러섰다.

화악—

카르의 주위로 수많은 빛의 구가 떠다녔다.

하얀색의 구체로, 카르의 주위를 맴돌았다.

파앗—

갑작스레 길이를 늘려 가는 빛의 구. 마치 공이 쏘아지듯 빠른 속도로 다섯 명의 기사를 노리고 날아들었다.

펑펑펑—

쏘아진 빛이 성벽의 바닥과 부딪히며 튕기는 소리를 냈다. 여타 다른 위력 있는 마법과는 달리, 폭발 같은 것이 없었다.

'성벽이 무너지지 않게 조심해서 싸우려니 조금 힘들긴 하군. 이럴 때는……'

카르의 머릿속으로 여러 가지 마법이 떠올랐다.

가장 효과적인 마법은 역시 공격 마법이 아닌 저주나 속박 계열 마법과 대인 공격 마법이었다.

콰직—

카르의 손이 주먹을 쥐었다.

그러자 빛의 구를 피해서 이리저리 분주히 돌아다니던 기사들의 움직임이 한순간 멈췄다.

"큭!"

몸이 움직이지 않자 파거슨이 움찔했다. 예전에도 카르에 의해 몸을 속박당한 기억이 있던 파거슨이다.

'그때와는 다르다.'

속박을 풀어내고자 오러를 끌어 올린 파거슨이 흠칫 몸을 떨었다. 이전과는 달리 속박이 풀어지지 않았다.

더군다나 지금은 다섯 명의 기사도 동시에 속박한 카르였
다. 그때로부터 시간이 흘렀다지만 확연히 달라진 실력이었
다.

"크윽!"

파거슨이 힘껏 오러를 끌어올렸다.

달라진 것은 카르만이 아니었다. 파거슨 역시 그동안 검을
휘둘러 오며 경지가 올라갔다.

안간힘을 쓴 파거슨이 결국 카르의 속박을 풀어냈다. 파거
슨이 카르의 마법을 풀어낼 정도로 실력이 있는 것이 아니라
카르가 그에게만 신경을 쓴 것이 아니기 때문이었다.

끼이이익—

파거슨과 다섯 명의 기사 주위로 상자가 떠올랐다. 상자는
마치 동물이 아가리를 벌리듯, 상자의 입구를 활짝 벌렸다.

"이까짓……."

콰직—!

상자를 베어내고자 파거슨이 검을 휘둘렀다. 몸을 회전하
며 있는 힘껏 휘두른 파거슨의 검이 상자의 모서리에 박혔다.

'베어지지 않아?'

오러를 담은 일격이었다. 강철이라고 하더라도 베어버릴
수 있었다.

한데 상자는 모서리에 검이 살짝 박힐 뿐 베어지지 않았다.

도대체 얼마나 단단하단 말인가.

끼익—

상자가 파거슨의 몸을 먹어치웠다. 그리고 그 상태로 서서히 닫히기 시작했다.

"이런!"

당황한 파거슨이 서둘러 검을 뽑고자 손에 힘을 주었다. 하지만 어찌된 일인지 상자에 박힌 검은 뽑히지 않았다.

검을 버리고 도망가고자 했지만 때는 늦었다. 상자는 이미 파거슨의 몸을 완전히 먹어치웠다.

쿵—

상자의 문이 닫혔다.

오러를 두른 검에도 베어지지 않는 상자. 그것이 파거슨을 비롯한 다섯 명의 기사를 집어 삼켰다.

콰지지지지지직—!

파파파팍—

거센 고압의 전류가 상자 속에서 퍼졌다. 수많은 빛의 창이 상자에 꽂혀 들어갔다.

"끄아아아아아악!"

고통에 몸부림치는 처절한 비명 소리.

잠시간 이어지던 비명 소리가 금세 잦아들었다.

"매직 박스(magic box)."

카르가 조용히 미소를 그리며 마법의 이름을 외웠다.

*   *   *

여섯 개의 상자에서 피가 흘렀다.

금룡 기사단과 은룡 기사단, 엘프 청년들을 괴롭힌 기사들이 갇혀 있는 상자였다.

그중 하나의 상자는 파거슨이 갇혀 있는 상자였다. 그 속을 들여다 볼 수는 없지만, 상자의 틈으로 피가 흐르는 것으로 보아 죽었으리라 생각되었다.

카르의 마법을 본 기사들은 그 공포에 몸을 떨었다.

기사단 전체가 덤벼도 제압하지 못한 기사들을 그야말로 순식간에 제압했다. 별다른 힘도 들이지 않고, 한 걸음도 움직이지 않았다.

손을 몇 번 휘둘렀을 뿐이다. 파거슨을 비롯한 다섯 명의 기사들이 그렇게 죽었다.

"대단… 하군."

알베르가 카르를 보며 그렇게 중얼거렸다.

대단하다는 말밖에 나오지 않는 무력. 마법이라는 학문에 대한 경외감이 솟아올랐다.

"이제 남은 건, 바깥의 병사들과 기사들인가?"

카르가 적군 병사들과 기사들을 막고 있는 거대한 벽을 바라봤다.

파거슨을 비롯한 기사들이 도망가지 못하게끔 설치한 벽이지만, 지금 벽의 역할은 외부의 적군 병사들이 성벽 위로 올라오지 못하게끔 하고 있었다.

지금도 충분히 그 역할을 해주고 있는 셈.

하지만 카르는 이렇게 방어만 할 생각이 없었다.

"알베르."

"네!"

"적군의 병사들의 수는 몇이지? 기사들은?"

알베르가 카르의 앞으로 다가왔다.

"병사가 삼천, 기사가 삼천입니다. 키에르 후작이 함께 오긴 했지만, 프라다님이 막아주셨습니다."

"프라다님이? 프라다님은 어디 계시지?"

"키에르 후작과의 일전으로 상당히 지치셨습니다. 병사들을 시켜 안전한 곳으로 모셨습니다."

"잘했어."

카르는 턱을 쓰다듬으며 잠시 고민하는 표정을 지었다.

"총 삼천삼백인가? 많기도 하군."

"방금 전의 기사들을 처리한 것까지는 좋았지만, 아직까지도 상황이 썩 좋은 것만은 않습니다. 삼천삼백의 적군이……."

"저 녀석들을 다 죽이면, 대륙에서 이름난 살인마가 되겠지?"

카르가 문제라는 듯 한숨을 푹 내쉬었다.

의외의 말에 알베르가 놀랐다. 다 죽이면이라니 그건 또 무슨 소린가.

"여, 영주님?"

"그렇다고 이대로 막고 있을 수만도 없고, 그렇다고 물러가라 한다고 물러가지도 않을 테고… 역시 다 죽이는 수밖에."

하는 수 없다는 듯이 카르가 손을 뻗었다.

쿠쿠쿠쿠―

성벽을 지키고 있던 거대한 벽이 허물어졌다. 그러자 그 밖으로 수많은 병사들이 모습을 드러냈다.

"우와, 많기도 하군."

"영주님, 도대체 무슨 생각이십니까?"

"알베르, 난 마법사다."

카르가 자신만만한 어투로 엄지로 자신의 가슴을 가리켰다.

"과거 로오돈이라는 마법사는 단신으로 삼천이 아니라 대륙 전체와 싸웠어. 마법사는 이런 대규모 전쟁에서 그 힘이 발휘되는 전력이야."

카르는 마법사에 대해 잘 알지 못하는 알베르에게 짧은 설명을 늘어놓았다.

알베르 역시 마법사가 대규모 전쟁에서 진짜 위력을 발휘한다는 것 정도는 안다. 카르에게 들어서 알고, 은룡 기사단의 마법을 겪어 보아서 알고 있다.

하지만 대륙 전부와 싸운 인물이 있다니?

그런 이야기는 처음 들었다.

지금 당장 눈앞에 있는 삼천 명의 적군을 상대하는 것만도 힘들어 보였다. 인간인 이상, 저 많은 수의 적을 단신으로 상대할 수는 없다.

그것이 현 시대 검사들의 고정관념이었다.

"잘 봐둬."

후우웅—

카르의 몸이 바람과 함께 허공으로 붕 떠올랐다.

성벽을 지나 적군 병사들의 바로 위까지 올라간 카르. 벽이 사라지자 사다리를 타고 성벽으로 오르고자 하던 병사들이 카르를 발견했다.

"마법사다!"

플레이트 메일을 걸친 기사 한 명이 카르를 가리키며 소리쳤다. 활을 가지고 온 병사들이 카르를 향해 화살을 조준

했다.

"이거, 전에도 똑같은 일이 있었던 것 같은데……."

레오도르 왕국과의 전쟁에서 비슷한 경험이 있었다. 그리고 그때 적군 병사들의 화살을 막았던 방법 역시 지금과 똑같았다.

팅팅팅팅—

수많은 화살 세례가 카르를 향해 쏘아졌다. 날카로운 촉을 가진 화살이 카르에게 닿지 못하고 중간에 팅겨져 나갔다.

카르의 주위로는 단단한 막이 생성되어 있었다. 마스터의 검도 뚫지 못하는 방어막을 화살 따위가 뚫을리 만무했다.

카르는 아래에서 활을 쏘아대는 병사들을 보며 피식 웃었다. 데자뷰도 이런 데자뷰가 없었다.

화살을 주위를 감싸고 있는 막에게 맡기고 카르는 마법을 준비했다. 이 평원을 메우고 있는 삼천 명의 병사를 일거에 쓸어버릴 거대한 마법이었다.

쿠우우우우우—

거대한 울림이 땅에 진동한다.

대기가 뜨겁게 달아오르며 순식간에 계절이 바뀐 듯한 착각을 불러일으킨다.

"이, 이게 뭐지?"

"뜨, 뜨거워!"

병사들이 동요한다.

갑작스럽게 달아오른 대기는 피부를 뜨겁게 달굴 정도였다. 단순히 뜨거운 것만이 아니라 사방이 붉게 물들어 공포감까지 조성했다.

기사들 또한 당황한 것은 매한가지. 마법을 상대해 본 경험이 없는 그들로서는 어떤 명령을 내려야 할지 알 수 없었다.

"헬 플레인(hall plain)."

쿠아아아아—

대기를 물들인 붉은 빛이 더욱 강렬해진다. 병사들이 밟고 있는 평원에 불이 붙었다.

화륵—!

"으아아아악!"

"부, 불이다!"

거대한 불길이 순식간에 병사들과 기사들을 덮쳤다.

무려 삼천 명이 서 있는 평원에 불이 붙었다. 순식간에 평화로운 평원이 불바다가 되었다.

불길은 꺼지지 않았다. 몸에 불이 붙은 병사들이 바닥을 딩굴었지만 바닥 역시 불길로 가득 차 있었다.

"이, 이게……."

성벽 위에서 그 모습을 지켜보던 알베르가 입을 떡 벌리고 있었다.

놀라워서 무어라 말도 나오지 않았다. 그토록 무서워 보였 던 삼천 명의 병사와 삼백 명의 병사가 카르의 마법 한 번에 무력화되었다.

카르가 하늘에 오롯이 떠 그 모습을 지켜보았다.

그러다 성벽을 잠깐 쳐다보니 알베르와 눈이 마주쳤다. 카 르는 씩 웃으며 성벽 위로 내려왔다.

*   *   *

그토록 어려워 보였던 전쟁이 순식간에 끝이 났다.

불길로 가득하던 평원의 붉은 빛이 서서히 잦아들었다. 불 길도 걷히고, 마법의 효력이 사라지는 듯했다.

뜨거운 불을 피해 이리저리 돌아다니던 병사들의 움직임 은 멈춘 지 오래였다. 간혹 꿈틀대는 병사들이 있긴 했지만, 그리 많이 보이지는 않았다.

"살아남은 녀석들을 찾아서 약을 발라 수감하고, 죽은 녀 석들은 묻어버려. 생존자가 그리 많지는 않을 거야."

카르가 그 말을 끝으로 휙 돌아섰다. 남은 일들은 이제 병 사들이 해야 할 일이었다.

한참을 멍하니 있던 알베르가 곧 카르의 지시에 따라 병사 들을 움직였다. 그 불길 속에서 살아남은 사람을 고르는 일이었다.

생존자가 아주 없는 것은 아니었다. 하지만 살아는 있지만, 살아 있는 것이 아닌 사람들이 대부분이었다.

온몸이 화상이었고, 그나마 빠르게 갑옷을 벗은 이들이 화상이 덜했다. 금속은 열의 전달이 빠르기 때문에 불속에서 금속 갑옷을 입고 있으면 오히려 위험할 수 있기 때문이었다.

알베르는 병사들의 지휘를 프랭크에게 맡겼다. 아직 조금 미숙하긴 하나 프랭크 역시 당당한 한 기사단의 단장이었다.

카르는 영주성에서 쉬고 있는 프라다를 찾았다. 기사들 중에서도 부상을 당한 이들이 있긴 했지만, 마법으로 치료를 한 덕분에 큰 부상은 거의 나은 상태였다.

프라다가 쉬고 있다는 방문을 열고 들어가자 하메른이 먼저 와서 기다리고 있었다.

"오셨습니까?"

프라다의 상태를 살피고 있던 프라다가 자리에서 일어나 고개를 숙였다.

도서관을 물려받은 후로 훨씬 깍듯한 자세를 보이는 하메른이었다. 프라다는 여전히 반말로 일관하지만 도서관을 물려받은 마법사는 전통적으로 엘프들에게 은인 대접을 받는다고 한다.

"프라다님 상태는 어떻습니까?"

"며칠 쉬시면 일어나실 겁니다. 정령력을 무리하게 사용해서 그런 것뿐이니. 얼마 전 영주님 상태보다야 훨씬 낫습니다."

"그렇다면 다행이군요."

카르가 근처에 있는 소파에 앉았다. 혹시라도 부상이 있으면 치료해 주고자 왔는데, 단순히 정령력을 무리하게 사용한 것이라면 해줄 방도가 없었다.

"다만… 아스타로스를 무리하게 사용하셨습니다."

"아스타로스?"

마신의 이름이 나오자 카르가 흠칫했다.

프라다가 싸우는 모습을 직접 본 적이 없었던 카르는 어둠의 정령인 아스타로스에 대해 모르고 있었다.

"네. 어둠의 최상급 정령으로 프라다님만이 유일한 계약자입니다."

"어둠의 최상급 정령의 이름이 마신이라… 우연은 아니겠죠?"

"아주 오래전 어둠의 최상급 정령과 계약한 엘프가 광기에 미쳐서 인간들 세상에서 날뛰었다고 하더군요. 그 때문에 붙여진 이름입니다."

"음… 어둠의 정령을 사용하면 무슨 부작용이라도 있는 겁니까?”

카르는 그렇게 물으며 프라다의 몸을 유심히 살폈다.

겉으로 보기에는 단순히 정신을 잃은 것 같지만 프라다의 몸 주위로는 미세한 검은 기운이 감돌고 있었다. 다른 사람이 아닌 카르의 눈에만 보이는 기운이었다.

지금까지 느낀 정령력이라는 것과 비슷한 느낌이다. 하지만 동일한 기운이라고 보기에는 너무 탁했다.

‘마치… 흑마나처럼.’

마나와 흑마나 또한 같으면서 다르다. 그것과 비슷한 것일까?

아니, 살짝 다른 감이 있었다. 적어도 흑마나는 그것을 사용하는 사용자에게 해를 주지 않으니까.

하지만 지금 프라다의 몸을 맴도는 기운은 프라다의 몸을 조금씩 갉아먹고 있었다.

‘급격한 노화.’

어두운 기운이 프라다의 몸에 끼치는 영향이었다.

즉, 생명력을 조금씩 빨아먹고 있는 것이다.

카르는 더 두고 보지 않고 손을 뻗었다. 검은 기운이 카르의 손끝으로 모여들었다.

파스스—

카르의 손끝을 휘돌며 검은 기운은 하나의 회오리를 만들어 내기 시작했다.

그러자 하메른의 눈에도 검고 탁한 기운이 보였다.

"이, 이건……?"

"프라다님의 몸을 갉아먹고 있던 기운입니다. 혹시 이게 정령력은 아니겠지요?"

"저, 저도 잘 모르겠습니다."

하메른이 고개를 저었다.

엘프인 그도 모른다면 카르 역시 알 방도가 없었다. 도서관에도 이런 기운에 대해 적혀 있는 책은 없었다.

'좋은 건 아닌 것 같고……'

어두운 기운이 카르의 팔 속으로 스며들었다. 그것을 지켜보고 있던 하메른이 깜짝 놀랐다.

"뭘 하신 겁니까?"

"임시로 제 몸속으로 끌어들였습니다."

"그럼 당신이……."

"괜찮아요. 이 정도 기운을 몰아내는 것 정도는 할 수 있습니다."

검고 탁한 기운은 그 양이 그리 많지 않았다. 반대로 카르의 몸속에 들어 있는 마나의 양은 방대했다.

하나의 기운을 압박해 죽여 버리는 것. 카르가 생각해 낸 방법이었다.

‘어둠의 정령을 부리는 데 필요한 정령력인가? 썩 몸에 좋은 것 같지는 않군.’

검은 기운이 몸속에서 격렬히 저항했다. 죽기 싫다는 듯, 방대한 양의 마나와 부딪히고 있었다.

비록 그 양이 적어 밀리긴 했지만, 상당히 강한 기운이었다. 거기다 인체에 썩 좋은 것도 아닌 듯했다.

‘흑마나랑은 조금 달라. 어둠의 정령을 부리는 데에 필요한 정령력은 일반적인 정령력과 다른 건가? 하메른이 걱정하는 게 뭔지 알 것 같군.’

이런 정령력을 사용하면서 어둠의 최상급 정령을 사용했다. 아마 몸에 상당히 무리가 갔을 것이다.

“프라다님에게 다시는 어둠의 정령을 부르지 말라고 전해 주십시오.”

“알겠습니다. 그렇지 않아도 저도 그리 부탁을 드리려 하던 참입니다.”

“그럼 전 이만 가보겠습니다.”

프라다의 상태를 확인한 카르가 미련없이 방을 나섰다.

*　　*　　*

카르는 곧장 집무실로 향했다.

꽤나 오랫동안 쓰러져 있었던 듯했다. 집무실에 쌓여 있는 서류의 양이 꽤 되었다.

어지간한 일들은 오르나 마틴이 분담해 처리한 듯했지만, 영주의 확인이 필요하거나 카르에게 직접적으로 보내온 서신 등은 집무실에 그대로 쌓여 있었다.

"엄청… 많군."

탑처럼 쌓여 있는 서류의 양을 보며 카르가 중얼거렸다. 일이 이렇게 많이 밀려 있을 줄은 상상도 못했다.

'하긴 뭐, 그전에도 그리 일을 열심히 한 건 아니었으니.'

카르는 한숨을 푹 내쉬며 집무실의 자리에 앉았다. 일처리는 다음에 하고, 지금 당장은 최근 일어난 일들에 대해 알아봐야 했다.

'반 검가 연맹의 구체적인 보고서인가?'

맨 먼저 눈에 뜨이는 서신이 있었다.

가장 앞면에 황금색 인장이 찍힌 서신은 레이엘이 보내온 것이었다.

카르는 망설임없이 서신을 뜯어 내용물을 살폈다.

"생각보다… 상황이 좋은 것만은 아니군."

레이엘이 보내온 서신에는 지금까지의 전반적인 방향이 적혀 있었다.

대대적으로 검가와의 싸움을 선포하고 그와 직접적으로

관계가 있는 귀족들에게 합당한 징계를 내렸다. 깊게 연관이 있는 귀족들은 외부 세력과의 결탁으로 귀족 작위를 해제하고, 영지를 압류하기도 했다.

하지만 검가의 귀족들이 그러한 처분을 그냥 받아드리기만 한 것이 아니었다. 대부분의 귀족들은 자신의 영지에 틀어박혀 저항을 했다.

그런 귀족들이 한둘이 아니었다. 검가의 귀족들이 전체 귀족들의 반 가까이 차지하는 현 판국에는 거의 반란에 가까운 모양새가 그려진다.

'다행이라면 크란 왕국은 생각보다 정리가 빠르다는 건가?'

크란 왕국에서 아모스 공작이 사라진 것은 꽤 오래전의 일이다. 크란 왕국이 검가의 영향이 큰 곳도 아니고, 대응이 다른 왕국에 비해 빠르게 이루어진 덕분이었다.

레오도르 왕국의 경우는 새 국왕이 옹립된 상태였다. 왕가의 핏줄이라고 보기도 힘든 아주 먼 친척이었지만, 왕위 계승 자격이 아주 없는 인물은 아니었다.

'생각보다 검가의 반항이 거세군.'

각국에서 일어나는 검가의 반항이 거셌다.

특히나 세력이 큰 귀족들의 경우에는 힘을 합쳐서 거의 반란에 가까운 일을 도모하기도 했다.

그야말로 대혼란.

하지만 단 한 곳, 검가에서 자유로운 곳이 있었다.

'알파엔 제국? 그라엠 후작이 있는 곳인데… 어째서?'

그라엠 후작은 사실상 검가의 실세다.

그전에는 할리슨 공작이 검가의 실질적인 주인이나 다름 없었지만 할리슨 공작을 죽인 그라엠 후작이 그 자리를 물려 받았다 할 수 있었다.

검가의 실세가 있는 국가가 검가로부터 가장 소란이 적다?

아귀가 들어맞지 않았다.

*　　　*　　　*

카르는 그 길로 곧장 크란 왕국의 왕궁으로 향했다.

자신이 없는 사이 일이 어떻게 돌아가고 있는지 보다 상세하게 알아둘 필요가 있었다.

또한 자신의 건재함 역시 알려야 하는 것이 하나의 이유였다.

카르의 방문에 레이엘이 반색하고 나섰다.

"여긴 어쩐 일인가? 한동안 연락도 받지 않더니."

"좀 정신이 없었습니다."

"전쟁은? 그라엠 후작이 페라스 자작령에 군사를 보냈다고 하던데. 키에르 후작은 어떻게 됐나?"

"무사히 마무리되었습니다. 키에르 후작은 프라다님이 막아주셨습니다."

"그 얘기는……?"

"예. 이제 검가에의 마스터는 그라엠 후작뿐입니다."

레이엘의 얼굴에 화색이 돌았다.

이 이야기가 퍼진다면 아마 검가의 귀족들의 기세가 한풀 꺾일 것이다.

"고맙군. 도와주지 못해서 미안하던 차인데……."

어쩔 수 없이 국경을 넘게 해줄 수밖에 없었던 것을 이야기하는 것이다. 카르 역시 이러한 속사정을 알베르를 통해 들었기에 고개를 끄덕였다.

"괜찮습니다."

그 뒤로 간단한 인사와 안부를 나눈 카르는 레이엘과 함께 자리를 이동했다.

의아한 것은 접대실이 아닌 다른 향하고 있다는 점이다.

"어디로 가는 것입니까?"

"대전이네. 아바마마께서 페라스 자작을 뵙고 싶어 하더군."

"국왕 전하께서요?"

되물음이었지만 카르는 담담했다. 사실 지금 처음 만나는 것이 이상한 일이었다.

'만나도 진작 만났어야지.'

무려 검가와의 싸움이었다. 카르는 그 중심에 있다 해도 과언이 아니었다.

실제로 그라엠 후작이 가장 먼저 노린 것이 페라스 자작령이 아니었던가. 마법사인 카르를 죽이는 것이 검가의 가장 1차적 목표였다.

국왕은 레이엘과는 달리 뒷짐을 지고 있었다. 이야기를 들어보니 검가와의 싸움에서도 소극적인 자세를 취했다고 한다.

어떤 인물일까?

마법사라는 이유로 그 비중이 커진 카르였지만, 실제 그 작위는 자작에 불과했다. 그것도 중앙 귀족이 아닌 변방의 자작이었다.

한 국가의 국왕을 만나기에는 너무나 초라한 작위. 실제 변방 귀족이 국왕을 만나는 경우는 극히 드물었다.

레이엘과 함께 대전의 거대한 문 앞에 도착했다. 통짜 강철로 만들어진, 보통 장정의 키 세 배는 되어 보이는 높이의 문이었다.

레이엘이 대전의 문 앞을 지키고 있는 기사들을 향해 말했다.

“문을 열어라. 아바마마를 알현하고자 한다.”

“알겠습니다. 옆에는……?”

“페라스 자작이다.”

레이엘의 대답에 기사들이 바짝 긴장했다. 페라스 자작이라는 이름은 마법사로서 널리 알려져 있는 상태였다.

마스터를 쓰러뜨린 강자. 마법사이긴 해도 강자에 대한 예우는 기사들에게 당연했다.

끼이이익—

거대한 철문이 육중한 소리와 함께 열렸다. 서서히 열리는 문 사이로 드넓은 대전의 모습이 들어왔다.

지나치게 화려한 대전이다. 붉은색과 황금색이 조화를 이루고 그 중앙으로 권좌가 자리하고 있다.

그리고 그 권좌에 앉아 있는 한 명의 중년인.

크란 왕국의 국왕이었다.

카르는 레이엘의 뒤를 따라 대전 안으로 걸음을 옮겼다. 레이엘과 카르는 국왕에게서 열 걸음 정도 떨어진 거리에서 걸음을 멈추었다.

“자네가 페라스 자작인가?”

“신 페라스 자작, 국왕 폐하를 뵈옵니다.”

카르는 한쪽 무릎을 꿇었다. 국왕을 향한 최소한의 예법이었다.

내심 카르는 국왕의 첫 인상에 살짝 실망한 상태였다.

한 나라를 이끌어가는 국왕이었다. 국왕에 대한 카르의 이미지는 권위 넘치고 위엄 있는 제왕의 면모다.

지금껏 인간을 초월한 마스터를 여럿 보아온 카르였다.

그래서일까?

눈앞에 있는 국왕이 너무 초라하게 느껴졌다.

일반인들에 비하면 범상하기 그지없지만, 마스터에게서 느껴지는 힘이라든지 레이엘과 같은 대범함 등은 많이 부족해 보였다.

국왕의 뒤로 도열해 있는 근위 기사들은 잔뜩 긴장한 표정이었다.

체면치레로 도열해 있긴 하지만, 카르가 마음만 먹으면 근위 기사들 정도는 아무것도 아니었다.

"마법사라지?"

"그렇습니다."

"허허… 왕국을 구한 영웅을 이제 보다니, 그동안 많이 무심하긴 했나 보군."

국왕이 한 손으로 수염을 쓰다듬었다.

왕국을 구한 영웅이라?

카르는 스스로의 귀를 의심했다. 아모스 공작을 죽이고 검가로부터 왕국이 숨통이 트이게끔 공헌을 한 것은 사실이지만 너무 과분한 호칭이었다.

"폐하?"

"과분하다 생각하는가? 그렇지 않다. 최소한 검가라는 이름에 눌려 그동안 숨을 죽여 살아온 나보다는 자네가 영웅이라는 이름을 들을 만하지. 검가는 이 대륙을 너무 좀먹고 있어."

국왕은 고개를 설레 내저었다.

카르는 고개를 숙인 상태로 다소 의외라는 표정을 지었다.

한 나라의 왕이라기엔 지나치게 평범하다 싶더니, 그게 아니었다.

겸손한 왕이다.

겁이 많지만 그렇기에 웅크릴 줄 아는 왕이다.

'잘못 판단했군.'

검가를 피해왔다고 해서 잘못 판단했다. 곰곰이 생각해 보면 그것이 맞는 판단이다.

크란 왕국은 검가를 상대할 힘이 없다. 우연이든 필연이든 자신과 니르단, 프라다가 아모스 공작을 비롯한 여러 마스터를 제거해 왔기에 여기까지 올 수 있었다.

마스터는 마스터가 아니고서는 맞설 수 없다. 단신의 힘만으로도 왕궁을 장악하고, 왕족을 몰살시킬 수 있는 존재가 바로 마스터였다.

‘웅크리고 있었던 것이 잘한 일이다.’

국왕에 대한 판단을 전면 수정한 카르였다.

하지만 그렇다고 해서 레이엘보다 더한 점수를 주는 것은 아니었다.

‘겸손하고 웅크릴 줄 아는 왕의 시대는… 이제 저물어 갈 때지.’

검가의 시대가 끝난 후는 결단력 있고 과감한 왕의 시대이다.

웅크려야 할 대상이 없다. 그렇다면 현 국왕과 같은 소심한 왕보다는 레이엘과 같은 추진력 있고 용감한 왕이 필요하다.

국왕의 면면을 살피던 카르가 입을 열었다.

“크란 왕국에서 검가는 완전히 사라진 것입니까?”

“그렇지 않다. 하지만 이제는 잔당이라고 할 정도밖에 남지 않았지. 검가의 시대는 이제 끝이다.”

“알파엔 제국은… 어떻게 된 겁니까?”

카르가 그렇게 물으며 레이엘을 돌아봤다.

레이엘의 표정은 심하게 굳어 있었다. 카르는 직감적으로 일이 심상치 않음을 느꼈다.

“검가의 손에 떨어졌다.”

“…알파엔 제국이 말입니까?”

충격적인 이야기가 아닐 수 없었다.

알파엔 제국이 검가의 손에 떨어져? 그 말은 즉, 검가가 대놓고 반란을 일으켰다는 소리와 같았다.

'그라엠 후작이 그런 극단적인 수를 뒀다고? 대륙 전체와 전쟁이라도 벌일 셈인가?'

어디서 나오는 자신감일까?

알파엔 제국의 저력이 강대하긴 하나 대륙 전체와 전쟁을 벌이기에는 무리다. 온전하게 알파엔 제국의 힘을 끌어들이지 않고는 말이다.

"알파엔 제국은 처음부터 검가의 것이었다."

"…그게 무슨 소리입니까?"

레이엘의 말에 카르가 물었다.

하지만 그 의미를 이미 눈치채고 있었다. 알파엔 제국이 처음부터 검가의 것이라는 의미는 단 하나밖에 없었다.

"알파엔 제국의 귀족들 거의 전부가 검가의 사람이었다. 알파엔 제국의 황족들은… 놀아난 거야. 적진이 제 집 안마당인 줄 알고 평생을 살아온 거지."

레이엘의 부연 설명에 카르는 오싹함을 느꼈다.

그 말이 사실이라면 알파엔 제국은 사실상 처음부터 검가의 것이나 다름없다는 뜻이다.

대륙에서 그 힘이 가장 강성한 제국이 검가의 손아귀에서

놀아났다는 뜻이었다.

'미칠 노릇이군.'

그라엠 후작이 왜 이런 선택을 했는지 알 만하다.

알파엔 제국은 대륙의 삼분의 일을 차지하는 영토와 어마어마한 국력을 가지고 있다. 돈이든, 군사력이든 어느 하나 떨어지지 않는다.

더군다나 각 왕국은 검가의 귀족들을 상대하느라 진이 빠져 있는 상태다.

자국의 귀족들이 검가의 사람인 것이 드러나면 그 귀족을 왕국에서 도려내야 한다.

베르하 왕국은 그 과정에서 왕국이 반으로 나누어질 상황까지 처했다.

그런 상황에서 알파엔 제국을 공략할 수 있을까?

아니다.

힘이 부치는 것은 물론 엄두도 내지 못한다.

역으로 알파엔 제국에서 다른 왕국을 공격할 수도 있는 일이었다.

"전쟁인가……."

생각할 수 있는 전개는 이것뿐이다.

알파엔 제국을 차지한 그라엠 후작의 역습. 온전히 알파엔 제국을 차지했다면 못 해볼 도박도 아니었다.

'아니, 승리할 확률이 높은 도박이지.'

온전히 힘을 흡수한 대제국이 내전 중이나 다름없는 왕국을 공격한다. 참으로 쉬운 일이 아닐 수 없었다.

"위험하군요."

빠르게 상황을 파악한 카르의 말이었다.

국왕은 고개를 끄덕이며 심각한 어조로 답한다.

"그래. 위험한 상황이지. 당장 알파엔 제국은 군사를 모으기 시작했으니……."

"알파엔 제국의 황제는 당연히 그라엠 후작이 되었겠지요?"

"그래."

그라엠 후작.

그자만 죽일 수 있다면, 전쟁을 승리로 이끌어 볼 수 있다.

'아직… 끝난 건 아니야.'

카르는 마법사였다.

로오돈의 지식을 물려받았고, 그 힘 또한 어느 정도 이어받았다.

예전과는 마법에 대한 깊이가 다르다. 그라엠 후작과 다시 싸우면 최소한 지지 않을 자신이 있었다.

또한 전쟁에서 마법사의 힘이 어느 정도인지는 이미 겪어보았다.

삼천.

마법 한 번으로 삼천 명의 병력이 무너졌다.

결국, 전쟁은 카르와 그라엠 후작의 싸움의 승패에 따라 달라지는 것이다.

Chapter 06
전쟁

그라엠 후작은 거대한 권좌에 앉아 있었다.

얼마 전까지는 대제국의 황제가 앉아 있었던 그 자리다. 언제나 한번쯤 앉아보고 싶어 했던 그 자리다.

한데 지금은 턱걸이를 하고 무심한 표정으로 앉아 있다.

"아직 부족해."

크란 왕국의 대전의 두 배는 됨직한 대전에, 오직 그라엠 후작… 아니, 이제는 황제가 된 그 혼자만이 있다.

이 넓은 대전이, 이 거대한 황궁이 모두 그의 것이다.

대륙의 삼분의 일이 그의 것이고, 수천만 제국의 목숨이 그의 것이다.

그런데도 부족하다.

아직 무언가 부족한 것처럼 손아귀가 허전하다.

그는 욕심이 많은 인물이다.

검가의 힘을 이용해 대륙을 손에 넣겠다는 계획이 착착 진행되고 있었다. 그 계획에 맞춰 검가는 움직이고 있었다.

반 검가 연맹이라는 집단이 만들어져 검가를 공격한다. 그 과정에서 검가는 나름대로의 저항을 하고, 왕국을 양분하는 세력을 형성한다.

좋다. 계획된 일이다.

알파엔 제국을 집어삼켜 내란에 빠진 왕국을 공격하는 것도 생각해 두었던 일이다.

중간에 조금씩 변수가 있긴 했지만, 생각 이상으로 좋은 상황으로 돌아가고 있었다.

‘하나만 빼고 말이지.’

마법사.

그것이 바로 그라엠 후작이 놓친 최대의 변수였다.

골칫거리였던 기존 검가의 마스터를 처리한 것까지는 좋았다. 자신과 의견이 맞는 키에르 후작만 남고, 결국에는 검가의 모든 마스터가 사라졌다.

하지만 정작 문제는 그게 아니었다. 마법사 자체가 문제였다.

'키에르 후작이… 파거슨이 죽어?'

키에르 후작이 마법사를 죽이고, 파거슨을 비롯한 다섯 명의 최상급 엑스퍼트가 다른 정령사 노인을 죽일 수 있다 생각했다.

함께 간 삼백 명의 기사 역시 엑스퍼트가 대다수였고, 삼천 명이라는 병사들도 함께였다.

절대 패할 수 없는 전력. 마스터가 두 명이 아니라 세 명이 있더라도 지지 않을 전력이다.

'정령사라는 녀석이 변수였던가?'

그렇다면 마법사보다는 정령사를 더 신경 써야 한다.

키에르 후작은 훗날 대륙이 통일되면 공작에 앉혀 중요한 요직을 차지해야 했을 인물이었다. 그런 그가 죽었다면 시작부터 계획이 어긋난 것이다.

빠드득—

우득—

이를 갈며 그라엠 후작이 권좌의 모서리를 움켜쥐었다. 그러자 황금으로 만들어진 팔걸이가 우그러졌다.

"마법사 네 이놈……."

부족한 무언가를 알 것 같았다. 그때 놓친 마법사를 죽이고 싶다는 갈망이었다.

대전이 그라엠 후작의 살기로 가득 찼다.

＊　　　＊　　　＊

두 달이라는 시간이 흘렀다. 대륙에는 놀라운 사실 하나가 알려졌다.

알파엔 제국의 전쟁 선포.

이는 명분을 무시한 전쟁이었다.

알파엔 제국을 강제할 국가가 없었다. 알파엔 제국을 장악하고 각 왕국 내에서 내전을 벌이는 검가의 힘은 그 정도로 강력했다.

대륙 전부가 힘을 모아도 알파엔 제국을 비롯한 검가를 상대하기가 벅찬 상황.

황제의 자리에 오른 그라엠 황제는 가장 인근에 위치한 페일 왕국을 향해 군대를 보냈다.

페일 왕국의 왕실은 공황 상태였다.

당장 눈앞에 알파엔 제국의 군대가 들이닥치고 있었다.

왕국 내에서 검가의 귀족들조차 아직 다 몰아내지 못한 상태이기에 절망적일 수밖에 없었다.

페일 왕국의 대전.

국왕을 비롯한 많은 귀족들이 모인 이곳에서는 앞으로의 대책을 강구하고 있었다.

"십만이라……."

페일 국왕의 조용한 중얼거림.

옆 사람의 숨소리조차 선명하게 들리는 조용한 대전에서는 국왕의 목소리가 또렷이 들릴 수밖에 없다.

"어떻게 해야 하겠나?"

역시나 조용한 물음.

하지만 듣지 못한 귀족은 없었다.

그럼에도 다들 침묵을 고수한다. 달리 대책이 생각나지 않는 이유였다.

"고작 십만이네. 이 페일 왕국에 그 정도 막을 여력도 남지 않은 건가?"

페일 국왕의 언성이 점점 높아졌다. 그의 시선이 이내 티몬 공작에게로 향한다.

"말해보게, 티몬 공작! 자네는 군부의 수장이 아닌가!"

"여력이 없사옵니다."

티몬 공작이 고개를 푹 숙였다. 늙은 나이까지 군부를 이끌어온 노련한 그이지만, 방법은 보이지 않았다.

"어째서인가?"

"전방에서 쳐들어오는 알파엔 제국의 군대를 막으면, 후방에서 검가의 잔당들이 공격해 올 것입니다."

말이 잔당이지, 검가의 귀족들은 자기들끼리 세력을 규합해 페일 왕국을 양분한 상태였다. 알파엔 제국의 군대만큼이나 위험한 세력인 것이다.

"정녕… 방법이 없는가?"

"크란 왕국에 도움을 청해 보지요."

"크란 왕국에?"

"그렇습니다. 크란 왕국은 검가의 잔당이 거의 남지 않아 여력이 많이 남아 있사옵니다."

"그들이 과연… 본 국을 도와주겠나?"

"도와주지 않을 수 없을 것입니다. 알파엔 제국이 페일 왕국을 공략하면 그 다음 목표가 바로 크란 왕국이 될 테니까요."

티몬 공작의 말은 타당했다.

지리적으로 봤을 때 페일 왕국이 점령당하면 다음 목표는 크란 왕국이 될 확률이 높았다.

더군다나 크란 왕국에는 마법사가 있지 않은가. 마법사의 척결을 최우선으로 생각한다는 검가이니 말이다. 어쩌면 페일 왕국을 공격하는 이유가 크란 왕국을 공격하는 길을 뚫기 위함일지도 몰랐다.

그때였다.

대전 안으로 왕실의 제1시종장이 들어왔다.

"전하, 손님이 오셨습니다."

"손님? 누구이기에 왕국의 중한 회의 중에 손님을 모신다는 말이냐?"

페일 국왕이 살짝 노한 음성으로 물었다. 대전 회의 중에 모실 만큼 중한 손님이 대체 누구이냐는 뜻이었다.

제1시종장은 국왕의 음성에 살짝 뒤를 흘겨보며 답했다.

"저… 크란 왕국에서 온 마법사라고 합니다."

＊　　　＊　　　＊

대강의 돌아가는 상황을 이해한 카르는 곧장 페일 왕국으로 이동했다.

예전 같으면 페일 왕국의 좌표를 몰라 직접 와야 했겠지만 로오돈의 지식을 물려받은 덕분에 그런 제약이 사라졌다. 로오돈의 지식에는 대륙의 모든 좌표가 다 들어 있었다.

알파엔 제국의 목표는 우선적으로 카르 자신이었다. 애초에 알파엔 제국의 전쟁 선포 자체가 명분을 무시한, 백성들의 인심을 얻지 못하는 방식이었다.

하지만 그들의 방식을 검가의 뜻으로 돌리면 이야기가 달라진다.

이후 대륙을 통일한 후에 계속해서 검가의 뜻을 이어받아 대륙의 평화를 위해서라는 허울을 씌우는 되는 것이다.

명분이 아닌 인심을 되돌리기 위한 방식이다.

그리고 그러기 위해서는 마법사인 카르를 최우선적으로 잡을 필요가 있었다.

크란 왕국에 제일 처음의 목표가 될 것이다. 카르가 있는 왕국이니 말이다.

그리고 그 중간에는 페일 왕국이 버티고 있다.

그래서 페일 왕국으로 왔다. 크란 왕국까지 전쟁을 끌 필요 없이, 페일 왕국에서 막기 위해서였다.

제1시종장이 페일 국왕에게 말을 전했다.

대전 안에서 잠시 웅성거림이 들려온다 싶더니 곧 허락이 떨어졌다.

"들어오라 하십니다."

카르가 고개를 끄덕이며 대전 안으로 걸음을 옮겼다.

뚜벅―

방금 전까지만 해도 소란스럽던 대전 안이 카르의 등장으로 조용해졌다. 걸음 소리가 대전 안에 울렸다.

척―

근위 기사 두 명이 카르를 제지했다. 이 이상 다가오지 말라는 뜻이었다.

국왕으로부터 스무 걸음 정도 떨어진 거리.

크란 왕국의 국왕보다 더 먼 거리였다.

하지만 이 자리에 있는 이들 모두가 알고 있었다. 마스터를 쓰러뜨린 카르 정도의 실력자라면 이 정도 거리 자체가 무의미하다는 것을 말이다.

"그대가 마법사인가?"

페일 국왕의 물음.

페라스 자작이라는 귀족의 작위보다는 마법사라는 것에 더 비중을 두었다.

카르는 살짝 고개를 숙이며 답했다.

"그렇습니다."

"페일 왕국에는 무슨 일이지? 사신 자격으로 온 건가?"

"비슷하지만 조금 다릅니다."

"비슷하지만 다르다? 무슨 뜻이지?"

페일 국왕이 고개를 갸웃거렸다.

사신이면 사신이고, 아니면 아니지 비슷하다니.

"알파엔 제국과 전쟁이 코앞이라고 들었습니다."

"그렇다."

"그 전쟁에 지원하고자 왔습니다."

마지막 한마디에 대전 전체가 술렁였다.

전쟁의 지원을 하고자 왔다니. 혼자서 말인가?

실로 오만한 말이었다. 국가 간의 지원은 통상 수만 명의 군대가 오가는 것이 보통이었다.

단 한 명의 지원.

페일 왕국으로서는 그 의미가 모호할 수밖에 없다.

"의미를 모르겠군. 혹시 데리고 온 병사들이라도 있는 건가?"

"아닙니다. 혼자 왔습니다."

대전에 모인 귀족들의 눈초리가 사나워졌다.

페일 국왕 역시 표정에 언짢은 기색이 드러났다.

"지금… 우리 페일 왕국을 우습게 여기는 것인가!"

노한 음성.

예상했던 반응이었다.

"여섯 명의 최상급 엑스퍼트와 삼백의 기사, 삼천의 병사들."

뜬금없는 말.

"저 혼자 처리한 병력입니다. 알파엔 제국에서 저를 제거하고자 파견한 군대 말입니다."

"자네… 혼자서?"

페일 국왕의 입가에 웃음기가 피어올랐다.

확실히 얼마 전에 그런 소식이 들려오긴 했다. 마법사인 카르의 근황은 페일 왕국으로서도 유심히 지켜보고 있는 바였다.

더군다나 키에르 후작은 페일 왕국의 마스터였다. 그 한 명 때문에 페일 왕국이 숨죽여 있던 세월이 적지 않았다.

그 키에르 후작을 비롯한 삼천의 군대.

더군다나 삼백 명의 기사가 끼어 있는 군대였다.

게다가 여섯 명의 최상급 엑스퍼트? 이는 알려지지 않은 엄청난 전력이었다.

"정말… 자네 혼자 처리했나?"

"예. 부득이하게 키에르 후작은 영지에 계신 어느 분께서 상대하셨지만, 그 후 나머지 병력은 제가 처리했습니다. 적어도 제 가치를 그 정도라고 생각해 주시면 감사하겠습니다."

카르는 공손히 고개를 숙였다.

그 순간에 가장 머리가 돌아가는 사람은 바로 티몬 공작이었다.

'여섯 명의 최상급 엑스퍼트라……'

군부에서 오래 있었던 티몬 공작은 최상급 엑스퍼트의 존재가 얼마나 대단한지 알고 있었다.

각 영지전에서도 최상급 엑스퍼트의 존재가 그 승패를 좌우할 정도로 큰 영향을 미친다.

그만큼 최상급 엑스퍼트의 힘은 강했다.

한데, 그런 이들을 여섯 명이나 동시에 상대했다고?

그것도 삼백 명의 기사와 삼천 명의 병사들과 동시에?

'마스터인 아모스 공작을 죽였다고 했을 때에도 믿지 않았는데… 대단하군.'

그런 업적은 마스터라고 하더라도 불가능할 듯싶다. 마스터도 체력적으로 한계가 있고, 오러 역시 무한한 것이 아니니 말이다.

티몬 공작은 카르가 탐이 났다. 저 한 명의 개입으로 전쟁이 좌우될지도 모른다는 생각이 들었다.

"자네 스스로가 몇 명 정도의 병사들을 상대할 수 있다고 자신하나?"

한동안 국왕이 말이 없자, 티몬 국왕이 이야기에 끼어들었다.

무척 예민한 발언이었다. 이미 삼천의 병사, 삼백의 기사, 여섯의 최상급 엑스퍼트를 쓰러뜨렸다고 발언한 카르였다.

그렇다면 그 스스로가 생각하는 자신의 가치가 어느 정도란 말인가?

대전에 모인 귀족들 모두가 긴장된 표정으로 카르를 바라봤다.

침묵 속에서 카르의 입이 열렸다.

"백만."

카르의 시선이 페일 국왕에게로 꽂혔다.

"백만입니다."

*　　　*　　　*

긴 회의 끝에 카르는 대전을 빠져나왔다.

많은 소란이 있었던 회의였다. 한마디 발언에 의해 큰 소란까지 일었다.

묵묵히 어깨를 펴고 대전을 빠져나오는 카르의 뒤로 티몬 공작이 따라왔다.

"자네… 왜 그랬나?"

카르가 뒤를 돌아봤다.

굳은 얼굴로 묻는 티몬 공작이었다.

"오랜만에 뵙습니다."

"그래. 베르하 왕국에서 보고 또 보는군."

타론 국왕과 피어드 공작이 왔을 때의 이야기였다. 반 검가 연맹을 다지기 위해 각국에서 대표를 선정에 모였을 때였다.

"무슨 일이십니까?"

"아까 일 말이네. 왜 그런 말을 했나?"

"아까라면… 아, 백만 말입니까?"

스스로가 백만 명의 병사를 상대할 수 있다는 발언.

가히 충격적인 발언이었다. 또한 왜곡하면 그 자리에 있던 모든 귀족을 우롱하는 발언일수도 있다.

하지만 카르는 그리 개의치 않았다. 자신이 생각해도 조금 과하긴 했지만, 틀린 말은 아니었다.

'평범한 병사만 백만이면… 못 할 것도 없지.'

검사와 마법사가 다른 점이 바로 이것이다.

검사는 직접 검을 휘둘러 적의 목을 베어야 한다. 비록 마스터에 이르면 어마어마한 검압을 쏘아낼 수 있다고 하나 그것도 결국에는 지치게 마련이다.

체력과 오러, 정신력 등이 바닥나면 결국 마스터도 평범한 인간일 뿐이다.

반면, 마법사는 경지가 오를수록 마법의 종류 역시 많아졌다.

그리고 보다 수준이 높은 마법일수록 그 범위가 넓은 것이 보통이었다. 카르가 영지전에서 사용한 마법 또한 그러한 마법 중 하나였다.

마음만 먹으면 마법 한 번에 만 명의 병력을 증발시킬 수도 있다.

무한에 가까운 마나와 깊이를 알 수 없는 마법에 대한 이해를 가졌던 로오돈은 그러한 힘으로 대륙 전부와 전쟁을 벌였다.

비록 그 수준까지는 아니더라도 카르 역시 로오돈의 지식을 물려받았다.

마나의 양으로 보나 마법의 수준으로 보나 백만 명의 병사를 죽이는 것이 꼭 불가능해 보이지만도 않았다.

"가능합니다."

"가능하다고? 지금 그걸 말이라고 하나?"

티몬 공작이 결국 얼굴을 붉혔다.

팔십에 가까운 세월을 살았고, 그동안 숱한 전장을 굴러다녔다. 그런 만큼 티몬 공작은 전쟁에서 전술이라는 것을 중요시 여겼다.

전술의 기본은 자신의 전력을 확실히 아는 것이다. 어느 정도 강한 기사들을 어느 위치에 배치하고, 상대 전력과 부딪혔을 때 이길 수 있는지 없는지를 파악해야 한다.

그런데 백만 명의 적을 혼자 쓰러뜨린다고?

그 말대로라면 전략 따위가 깡그리 무시되는 것이다. 그만한 강자 앞에서 무슨 전략이 필요하겠는가.

"티몬 공작님."

"왜 그러지?"

"제가 말씀 드린 삼천 명의 병사와 삼백 명의 기사들이 어떻게 전멸되었는지 말씀 드릴까요?"

티몬 공작이 고개를 갸웃거렸다.

갑자기 그게 무슨 뚱딴지같은 소리란 말인가, 그들이 어떻게 전멸되었는지는 이미 지나간 이야기인 것을.

"마법 한 번에, 빵!"

카르가 양손을 쥐었다 펴며 씩 웃었다.

그 의미를 퍼뜩 이해하지 못한 티몬 공작이 고개를 갸웃거렸다.

'한 번에, 빵?'

한참을 고개를 갸웃거리던 티몬 공작.

잠시 후 그 의미를 깨달았다.

'서, 설마……?'

티몬 공작이 카르의 표정을 살폈다. 웃고 있는 얼굴을 보니 그 짐작이 맞다는 것을 깨달을 수 있었다.

"하, 한 번에?"

"나중에 보게 되실 겁니다."

카르는 손을 휘휘 저으며 자리를 옮겼다.

*   *   *

티몬 공작과 카르는 알파엔 제국과 페일 왕국의 국경으로 이동했다.

스무 명 정도의 귀족도 각자 휘하의 기사들을 데리고 국경으로 향했다. 이동하는 귀족들의 표정은 사지로 끌려가는 사람처럼 침울했다.

국경에 도착하자 티몬 공작이 가장 먼저 국경의 수비대장에게 물었다.

"국경의 방위군은 몇 명이나 되지?"

"본래는 십만의 병사가 있었지만, 내전으로 빠진 병사들이 많아 현재는 이만이 남아 있습니다."

"이만… 이만이라……."

티몬 공작이 절망스러운 어조로 중얼거렸다.

이만. 적은 수는 아니다.

하지만 십만이라는 병력을 맞이하기에는 너무 초라한 병력이었다. 지리적 이점을 고려하더라도 계란으로 바위치기와 다를 바 없었다.

티몬 공작은 한숨을 푹 내쉬었다.

카르와 티몬 공작, 그리고 이십여 명의 귀족은 국경을 지키고자 왔다. 이 뒤로 알파엔 제국의 군대를 보내면 페일 왕국이 점령당하는 것은 순식간이었다.

사흘이 지났다.

티몬 공작은 하루하루가 피가 마르는 느낌이었다.

이렇게 어려운 전쟁은 그의 인생에서도 처음이었다. 무려 다섯 배나 차이가 나는 전쟁인 것이다.

한 가지 희망이라면, 바로 옆에 있는 카르였다.

‘정말 이자를 믿어도 되는 걸까?’

카르는 계속해서 전방만 주시하고 있었다.

저 멀리, 끝없이 펼쳐진 평야다. 있는 거라고는 군데 군데 바위산이 몇 개 있을 뿐이다.

알파엔 제국이 오고 있다.

오늘, 혹은 내일쯤 도착할 예정이었다. 무려 십만에 이르는 대군이 말이다.

병사들 역시 병력의 차이가 많이 난다는 소식을 듣고는 사기가 바닥을 기고 있었다. 티몬 공작의 경험상, 이대로라면 필패가 분명했다.

티몬 공작이 입술을 곱씹으며 불안에 떨고 있을 때였다.

후웅—

갑작스레 카르가 하늘 위로 붕 떠올랐다. 바로 옆에 있던 티몬 공작은 깜짝 놀라 물었다.

“왜 그러는가?”

“잠시 살펴보고 오겠습니다.”

무슨 일일까?

티몬 공작은 불안감이 들었다.

아니나 다를까.

전망대에서 급히 병사의 외침이 들려왔다.

“적이다!”

*　　　*　　　*

멀리 보이는 평야 끝으로 흙먼지가 날린다.

수많은 병사들이 오는 증거였다. 가장 앞으로 말을 탄 기마
병들이 보였다.

어마어마한 수다. 한눈에 보아도 아군 병사들과는 수적으
로 차이가 났다.

"이거야 원… 이길 수 있을지 모르겠군."

티몬 공작은 그렇게 중얼거리며 자신의 옆으로 내려오는
카르를 바라봤다.

"어째… 가능하겠나?"

"많긴 많군요."

카르도 살짝 놀란 표정이었다.

삼천이라는 병사들도 많아 보였지만, 십만이라는 군대는
그 규모가 차원이 달랐다.

저 너머로 보이는 새까만 것들이 모두 사람이라고 생각하
니 소름이 다 끼쳤다. 오한에 몸을 떠는 카르를 보며 티몬 공
작이 그럼 그렇지 하는 표정을 지었다.

"저걸… 다 죽여야 하는 겁니까?"

"응… 뭐?"

"얼마 전에는 삼천… 이번에는 십만이라……."

카르가 피식 실소를 지었다.

'이거야 원, 로오돈의 재림도 아니고…….'

수백만 명의 사람을 죽인 로오돈이다. 그에 비하면 비록 새발의 피라지만, 자신만큼 사람을 많이 죽인 사람이 또 어디 있을까 싶었다.

티몬 공작을 비롯해 많은 병사들이 일관 긴장으로 알파엔 제국군을 맞을 준비를 했다.

곧 화살이 닿을 정도의 거리까지 적군 병사들이 다가왔다. 페일 왕국의 병사들의 활시위가 팽팽하게 당겨졌다.

"나는 알파엔 제국의 카일 백작이라고 한다!"

가장 앞서 말을 타고 달려오던 기사의 외침.

오러를 담은 외침은 모든 병사들이 들을 수 있을 만큼 컸다.

"알파엔 제국에서는 불필요한 전쟁을 원하지 않는다! 크란 왕국으로 향하는 길을 열어라! 페일 왕국은 건드리지 않겠다!"

카일 백작의 외침은 교묘히 병사들의 마음을 동요시켰다. 단순히 길목만 트라는 뜻이었으니, 어쩌면 싸우지 않아도 되겠다는 생각을 가지게 만들었다.

"어디서 농간을 부리는가!"

티몬 공작의 일갈이 쩌렁쩌렁하게 울렸다.

티몬 공작 역시 엑스퍼트에 오른 기사였다. 나이가 들어 기력이 쇠했다고는 해도, 무장으로서 그는 아직 정정했다.

"알파엔 제국의 교묘한 술수를 모를 줄 아는가? 들어라! 저들에게 이 길을 열어주면 저들은 우리의 가족을 해할 것이고, 우리의 집을 헤집을 것이다! 그대들은 그래도 된다 생각하는가?"

티몬 공작의 외침이 병사들의 마음을 다잡았다. 조금만 생각해 보면 말도 안 되는 술수였다.

"알파엔 제국은 검가의 주구다! 그럴듯한 말로 대륙을 속이고, 대륙을 지배하려는 야욕을 가진 더러운 것들이 어딜 페일 왕국을 넘보는 것이냐!"

"티몬 공작! 입이 거칠구나!"

카일 백작의 얼굴이 붉게 물들었다. 그가 흥분했다는 것은 멀리 있는 이들도 알 수 있었다.

잠시 씩씩거리던 카일 백작이 뒤를 돌아봤다. 그의 뒤로는 십만에 이르는 알파엔 제국의 병사들이 도열해 있었다.

"쳐라!"

카일 백작의 일갈.

짧은 명령 신호에 알파엔 제국의 깃발이 흔들렸다.

"와아아아아—!"

쩌렁쩌렁한 함성 소리가 평야를 뒤흔든다. 십만 대군의 함성은 당장에라도 귀를 틀어막고 싶게 만들었다.

서서히 다가오는 개미떼 같은 병사들. 티몬 공작이 손톱을 깨물었다.

"어떻게 할 것이오?"

"……."

카르는 대답 대신, 몸을 떠올렸다.

후웅—

카르의 신형이 성벽 위로 붕 떠올랐다. 페라스 자작령에서와 같은 모습이었다.

사람이 하늘에 떠 있는 모습은 흔치 않다. 당연히 알파엔 제국이든, 페일 왕국이든 병사들의 시선이 카르에게로 모아졌다.

카르를 발견한 카일 백작이 동요했다.

"마, 마법사?"

마법사가 있다는 소식은 듣지 못한 카일 백작이다. 페일 왕국에 카르가 있다는 것을 알았다면 십만이 아니라 더 많은 병력이, 아니 그라엠 황제가 직접 왔을 것이다.

카르의 시선이 카일 백작에게로 향했다. 선방에 서 있을 정도로 뛰어난 기사였다.

'엑스퍼트 중급? 상급 정도 되려나.'

아무리 봐도 알베르와 같은 기세는 느껴지지 않았다. 목소리에 오러를 담은 것으로 보아 그 정도쯤 되는 실력자인 듯했다.

지잉—

카르의 손끝에 작은 빛이 모였다. 그 손가락 끝이 정확히 카일 백작에게로 향했다.

피잉—

카르의 손끝에서 작은 빛 무리가 쏘아졌다. 섬광처럼 쏘아진 빛 무리가 정확히 카일 백작의 심장으로 향했다.

카일 백작은 심상치 않음을 느끼고 서둘러 검을 들어 자신의 몸을 보호했다. 아무리 빠르다 한들, 직선으로 쏘아져 오는 빛을 막지 못할 그가 아니었다.

카앙—!

촤악—

카일 백작의 가슴에서 피가 튀었다. 정확히 심장을 관통 당해 절명한 것이다.

말에서 떨어진 카일 백작을 근처에 있던 부관이 받았다. 카르는 카일 백작의 이름을 외치며 당황해하는 부관을 잠시 바라보다 마법을 준비했다.

"제길! 무시하고 활을 쏴라! 저 녀석을 맞춰서 떨어뜨려!"

같은 패턴이다.

마법사를 상대하는 적들의 반응은 늘 이런 식이다.

마법을 알지 못하는 이들의 무지함. 대응을 갖추지 못한 이들의 안쓰러움.

당연히 화살은 모두 카르의 몸에 닿기 전에 튕겨져 나갔다.

구구구구—

땅이 울렸다.

지진이 난 것처럼 거대한 울림이었다.

"뭐, 뭐지?"

"지진인가?"

병사들이 당황했다. 국경을 지키고 있던 페일 왕국의 방위군들 또한 마찬가지였다.

갑작스럽게 이 상황에 지진이라니.

티몬 공작은 좋아해야 할지, 말아야 할지 알 수 없었다. 지진으로 인한 피해야 자신들 역시 있겠지만, 상대적으로 수가 많은 알파엔 제국의 병사들이 피해는 더 클 것이다.

그러다 문득 하늘에 떠 있는 카르에게로 시선이 돌아갔다.

'설마… 저자가 한 일인가?

땅의 울림은 더욱 심해지고 있었다. 정말로 큰 천재지변이 일어날 듯했다.

'인간이… 그게 가능한 건가?

지진, 번개, 홍수 따위의 천재지변.

그것이 과연 인간의 힘으로 가능한 일일까?

아무리 마법사라지만, 해괴한 힘을 부리는 그들이라지만 그것이 가능할까?

티몬 공작은 아니라고 믿고 싶었다. 그런 일은 불가능 할 것이라고 생각했다.

쿠구구구구구—

쩌저적—

땅에 금이 간다. 벌어진 지면이 솟아오르기 시작했다.

"으악!"

"지진이다!"

병사들이 동요하기 시작했다. 지면이 솟아오르고, 땅이 부 쉬지는 지진은 지진 중에서도 상당히 강력한 지진이었다.

병사들이 우왕좌왕했다. 지진을 피하기 위해 발버둥치는 병사들도 있었고, 어떻게든 살아보겠다고 옆에 사람을 잡고 늘어지는 이들도 있었다.

지면이 뭉개지고, 솟아오르고, 움푹 들어간다.

그 과정에서 병사들이 바위에 깔리고, 죽어간다.

실로 어마어마한 재앙이었다.

'이, 이건……'

티몬 공작은 그 광경을 지켜보며 이상한 것을 느꼈다.

분명 지진이었다.

그것도 상당히 그 강도가 강한 지진이었다.

한데, 페일 왕국의 병사들이 있는 곳에는 지진의 영향이 일체 미치지 않았다. 게다가 정확하게는 지진의 범위 자체가 그리 넓지 않았다.

무언가 부자연스러운 지진이다.

마치… 인위적으로 만들어낸 것처럼.

'정말로… 저자가 지진을 일으켰다는 말인가?'

티몬 공작이 카르를 바라봤다.

카르는 감고 있던 눈을 뜨며 팔짱을 풀었다.

"이제… 구만 명 남았군."

지진으로 인해 죽은 알파엔 제국의 병사들의 수.

일만에 이르는 병사가 지진에 휩싸여 죽었다.

*　　　*　　　*

처음은 지진으로 시작했다.

두 번째로는 불이 비처럼 내렸다.

세 번째로는 번개가 내렸고, 네 번째로는 병사들의 몸이 터져 죽었다.

이쯤 되니 알파엔 제국의 병사들도 알 수 있었다.

이 모든 것이 하늘에 떠 있는 마법사의 소행임을.

그리고 병사들이 도망가기 시작했다. 평범한 병사들의 눈에는 이미 마법사인 카르가 악마처럼 보였다.

고작 네 번의 마법에 절반에 이르는 병력이 사라졌다. 증발이라고 해도 과언이 아닐 만큼, 그야말로 순식간에 죽어버린 오만의 병력이다.

그 사이에는 우수한 기사들도 섞여 있었다. 그런 이들이 단 한 명에 의해 몰살되었다.

싸울 의지가 남아 있을 턱이 없었다. 계속 해봤자 개죽음이라는 생각이 병사들의 판단이었다.

"마, 말도 안돼……."

티몬 공작의 입이 떡 벌어졌다.

단 한 명에 의해 십만 명의 병사가 농락당하고 있었다. 눈앞에 빤히 보이는 진실임에도 계속 눈을 비비고 의심하게 된다.

알파엔 제국의 병사들이 도망가기 시작했다. 카르는 더 이상 알파엔 제국의 병사들을 쫓지 않았다.

하늘에 떠 있던 카르가 티몬 공작을 향해 내려왔다. 티몬 공작은 자신을 향해 다가오는 카르를 보며 뒤로 주춤 물러났다.

"왜 그러십니까?"

"아, 아닐세."

차마 무서워서 그랬다고는 말 못하는 티몬 공작이었다.

"그 말… 정말이었군."

"백만 말입니까?"

"그래. 그런 마법을 백 번 펼칠 수 있다면, 백만이라도 상대할 수 있다는 거겠지."

티몬 공작은 비로소 카르의 말이 거짓이 아님을 인정했다. 직접 눈으로 보았으니 안 믿을 수가 없었다.

"부럽군, 자네 같은 귀족이 있는 크란 왕국이."

"하하. 부러울 것도 없습니다."

"겸손이 지나치군."

티몬 공작이 살짝 얄밉다는 듯 눈초리를 흘겼다. 지금 이 순간 카르가 아군이라는 것이 이렇게 다행일 수가 없었다.

"겸손이 아닙니다."

카르가 진지한 표정으로 말했다.

겸손 따위가 아니었다. 티몬 공작 역시 그것을 카르의 어투에서 느꼈다.

"그건 무슨 소리인가?"

"제가 여기 온 이유입니다. 음… 우선은 국왕 전하를 만나 뵙고 이야기를 나누었으면 하는데요."

*　　　*　　　*

카르는 티몬 공작을 데리고 페일 왕국의 왕성으로 이동했
다.

텔레포트 마법을 사용하면 되니 그야말로 한순간이었다.
카르와 티몬 공작이 페일 국왕은 만나고자 알현실을 찾았다.

카르와 티몬 공작의 귀환 소식을 들은 페일 국왕은 하던 일
을 팽개치고 두 사람을 맞았다.

"무슨 일인가? 왜 자네들이 여기에 있는 겐가?"

페일 국왕은 상당히 흥분한 듯했다. 한창 국경에 있어야 할
두 사람이 여기에 있다는 것이 이상했다.

흥분한 페일 국왕을 진정시키고자 티몬 공작이 말을 꺼냈
다.

"전하, 전쟁은 끝났습니다."

"무슨 소린가?"

"알파엔 제국의 병사들이 물러났습니다. 페일 왕국의 승리
이옵니다."

멍한 페일 국왕이다.

당최 무슨 소리인지 이해가 가지 않는다.

"여기 페라스 자작의 공입니다."

"페라스 자작의?"

"예. 먼 거리를 한순간에 오갈 수 있는 마법이 있습니다.

덕분에 전쟁이 끝나자마자 전하께 승전 소식을 전해드리기
위해 온 것입니다."

두 사람이 이 자리에 있을 수 있는 경위를 설명하자 페일
국왕의 표정이 한껏 퍼졌다.

"그런 거였나? 하하, 다행이군. 다행이야."

페일 국왕이 환하게 웃었다. 호탕한 웃음이 알현실 가득 퍼
졌다.

"그런데 어떻게 이겼나? 국경 방위군의 수는 고작 이만이
라고 들었는데?"

그렇게 묻는 페일 국왕의 시선이 슬쩍 카르에게로 향해졌
다.

티몬 공작 역시 카르를 살짝 흘기며 답했다.

"그것 역시 여기 있는 페라스 자작 덕분입니다."

"이것도 말인가?"

"예. 실로 어마어마한 힘입니다."

공손히 답하는 티몬 공작이 몸을 부르르 떨었다. 하루도 채
지나지 않은 일이라 그런지 아직 그 광경의 여운이 가시지 않
았다.

"왜 그러시오?"

"전하. 어쩌면… 페라스 자작은 정말로 혼자 백만 대군을
상대할 수 있을지도 모릅니다."

티몬 공작이 떨리는 입술을 깨물었다.

페일 공작은 놀란 눈으로 카르를 바라봤다. 그 진위까지는 몰라도 티몬 공작의 말은 곧 전쟁을 카르 혼자서 끝낸 것이라는 말과 다름없었으니.

"대단… 하군."

"과찬이십니다."

카르가 담담히 말을 받았다.

하지만 고작 칭찬이나 받자고 여기까지 온 것이 아니었다.

"폐하, 부탁드리고자 하는 것이 있습니다."

"부탁? 말해보게."

이미 은혜를 입은 페일 왕국이다. 카르는 알파엔 제국에게 점령당할 뻔한 왕국의 위기에서 구해준 은인이었다.

웬만한 부탁은 다 들어줄 용의가 있었다. 굳이 그런 이유가 아니더라도 카르와 같은 마법사와 인연을 만들어 두어서 나쁠 것이 없었다.

"하나 허가를 해주셨으면 하는 게 있습니다."

"허가? 상단이라도 만들 생각인가?"

페일 국왕이 고개를 갸웃거렸다.

허가라고 하면 달리 생각나는 것이 상단과 같은 사업을 추진하는 것이었다. 하지만 상단 정도는 굳이 국왕에게 직접적으로 허가를 맡을 필요가 없었다.

“아닙니다. 마탑입니다.”

“마탑? 그건 또 뭔가?”

“마탑은…….”

카르는 마도시대의 마탑에 대해 말하기 시작했다.

거대한 탑의 모양을 하고 있으며 마법사들이 필요한 여러 편의 시설을 갖추고 있고, 특히 마법사라는 이들의 꿈의 장소라는 것과 그 상징성 등을 설명했다.

이야기를 들을수록 페일 국왕의 표정이 변했다. 흥미롭다는 듯이 고개를 끄덕였다.

“그런데… 마법사를 양성한다면 그 마법사들이 모두 자네 같은 이들이 되는 것은 아니겠지?”

조심스러운 물음이다.

하지만 괜한 걱정이었다.

“물론입니다. 저는 조금 특이한 경우일 뿐이지, 마법사들의 평균적인 무력은 현 시대의 기사들과 크게 다를 바 없습니다.”

“그렇군. 그나저나 벌써부터 자네 영지에는 마법사들이 여럿 있다니… 크란 왕국이 무서워지는군그래.”

“그점이라면 걱정하실 필요 없습니다.”

카르가 품속에서 한 장의 서류를 꺼냈다.

반 뼘은 됨직한 두꺼운 서류였다. 페일 국왕과 티몬 공작이 카르가 꺼낸 서류에 관심을 가졌다.

"이게 뭔가?"

"크란 왕국으로부터의 독립 서류입니다."

페일 국왕이 깜짝 놀라 물었다.

"독립?"

"네. 페라스 자작령을 크란 왕국으로부터 떨어진 별개의 영지로 본다는 거죠. 훗날에 페라스 자작령이 아니라 마탑령 이라고 불러야 하니까요."

마탑령.

생전 처음 듣는 단어였다. 단순히 그 의미만 놓고 봤을 때 는 마탑의 영지라는 뜻이었다.

카르가 최근에 생각한 것이었다.

아주 오래전, 마탑은 모든 국가로부터 동떨어진 별개의 세 력이었다. 국가에 소속되는 것은 마법사이지, 마탑이 아니었 다.

카르는 과거의 마탑을 거의 완벽이 재현하고 싶었다. 그렇 기에 아주 사소한 것까지 놓치지 않을 생각이었다.

카르는 크란 왕국의 귀족이었다. 페라스 자작령은 크란 왕 국의 영토였다.

페라스 자작령의 크란 왕국으로부터의 독립. 카르가 추진 하고 있는 일이었다.

“가능하겠나?”

“이미 왕세자 저하와 국왕 폐하께는 승인을 받은 상태입니다.”

“왕가에서 승낙을 했다고?”

의외라는 듯 페일 국왕이 되물었다.

크란 왕국 측에서는 카르와 같은 인재를 놓아주지 않으려 했을 것이 뻔했다. 홀로 전쟁의 승패를 뒤집어 놓는 사람이 아닌가.

공작의 작위를 줘서라도 잡아두어야 할 사람인 것이다.

“물론 자작의 작위는 그대로 유지하기로 했습니다. 제가 바라는 것은 왕국과 별개의 영지, 별개의 땅이니까요.”

“으음, 그렇군.”

“하지만 크란 왕국뿐만이 아니라 다른 왕국에서도 협조가 필요한 것이 있습니다.”

카르가 서류를 뒤적였다.

가장 앞면의 서류에서 몇 장이 넘어가자 카르가 그 부분의 종이를 쏙 빼냈다.

페일 국왕은 카르가 건네는 서류를 읽어보았다. 서류를 읽어 내려간 페일 국왕의 눈이 크게 뜨였다.

“이건……?”

“협조 공문입니다. 마법에 대한 인식이 좋지 않은 지금, 페라스 영지 말고는 마법사를 희망하는 이들이 별로 없는 걸로 예상합니다."

"그래서… 이 공문을 돌려 달라?"

"네."

카르가 건넨 서류에 적힌 내용은 이렇다.

현 시대에는 마법사라는 이들이 거의 존재하지 않았다. 지금이야 카르가 있고, 페라스 자작령에 은룡 기사단을 비롯한 학생들이 있다지만 그들로는 턱도 없이 부족하다.

게다가 사실상 페라스 자작령의 영지민이 아닌 이상에야 마법사를 희망하는 이들도 극히 적을 것이 자명했다.

그렇기에 각국의 협조가 필요했다.

마법에 대한 인식을 확실하게 바꾸기 위해서 필요한 것은 단순한 이미지 개선이 아니었다.

필요한 것은 바로 확실한 이득.

카르가 부탁한 공문에는 마탑의 마법사를 기사와 동등한 대우를 해 주겠다는 약속이었다.

"확실히 이거라면 마법사를 희망하는 이들의 수가 기하급수적으로 늘겠군. 기사와 동등한 대우라는 것은 준 귀족에 해당하는 대우를 해준다는 것이니."

"그렇죠."

"이것 참……."

페일 국왕은 카르를 바라보며 감탄할 수밖에 없었다.

카르는 단순히 무력이 강한 것만이 아니었다.

자신의 꿈을 위해 어떻게 나아갈지 알고 거기에 대한 구체적인 계획을 세우고 있었다.

"또 있습니다."

"이번엔 뭔가?"

페일 국왕이 은근한 기대를 담아 물었다.

과연 카르가 이번에는 어떠한 것으로 자신을 놀라게 할지 궁금한 것이다.

슥―

카르가 바로 다음 장의 서류를 건넸다.

아까와는 달리 꽤나 함축적으로 요약된 서류였다.

하지만 그 내용은 이전보다도 더 민감했다.

서류의 내용을 다 읽은 페일 국왕이 안색을 굳혔다.

"이건… 조금 힘들겠네."

"어째서입니까?"

"반발이 있을 게야, 보기에도 좋지 않고."

카르가 건넨 서류는 페일 왕국에 마탑을 세우겠다는 서류였다.

마탑의 각 분파였다. 하나의 마탑으로는 부족하니 각 왕국에 하나씩의 마탑을 더 세울 계획인 것이다.

돈이야 충분히 있었다.

지금 이 순간에도 아담으로 만든 무구는 날개 돋친 듯 팔려 나가고 있었다.

전시이기에 그 속도는 기하급수적으로 늘었다.

하지만 문제는 돈이 아니다.

영지가 독립된다고 해도 카르는 엄연히 크란 왕국의 귀족 이다.

그런 귀족이 세우는 마탑이 페일 왕국에 들어선다는 것이 문제다.

또한 페일 왕국에 세워지는 마탑은 온전한 마탑이 아니었 다.

반쪽짜리 마탑.

크란 왕국의 페라스 자작령에 있는 마탑의 분파 개념이었 다.

큰 것에서 파생된 작은 것.

겉으로 보기에 좋지 않은 것은 당연했다.

"겉으로 보이는 것에만 집착하시면 안 됩니다."

"그럼 뭘 생각하란 말인가?"

"실질적으로 얻을 수 있는 이익."

"이익이라… 그래, 무슨 이익이 있는가?"

페일 국왕은 마탑에 대해서 잘 알지 못한다.

때문에 왕국 내에 마탑이 있을 때 얻을 수 있는 이익에 대
해서 잘 알지 못했다.

"아티팩트라고 아십니까?"

"알고 있네. 내 손에 채워져 있는 이 팔찌 역시 아티팩트니
까."

페일 국왕이 손을 들어 올렸다.

분명히 그의 손에 초라한 팔찌가 채워져 있었다.

국왕이 차기에는 상당히 소박한 팔찌다 싶더니, 아티팩트
였던 것이다.

"마탑에서는 그 아티팩트를 무한으로 공급할 수 있습니다.
생활에 편리한 용도든, 살상용이든, 보호용이든 말이죠."

"뭣!"

페일 국왕이 놀라서 소리쳤다.

조금만 생각해 보면 알 수 있는 것인데도 이렇듯 놀란다.

아티팩트 자체가 마법을 물건 속에 저장했다가 사용하는
것인데 말이다.

"뿐만 아니라 국력에도 영향을 많이 미치게 될 겁니다. 마
도시대 역사의 기록을 보면, 전시에서 큰 힘이 되는 것은 기
사가 아닌 마법사였습니다."

"으음……."

페일 국왕이 신음을 삼켰다.

인정하지 않을 수 없었다.

실제로 눈앞에 있는 카르만 하더라도 혼자서 알파엔 제국의 군대를 막아내지 않았던가.

"게다가 마법사의 마법은 기사들의 검술과는 달리 일상생활에도 충분히 응용 가능한 것이 많습니다. 마법이 발달한 국가와 그렇지 않은 국가의 국력은 아마 큰 차이가 나게 될 것입니다."

하나같이 맞는 말이었다.

마법이 무엇인지 자세히 아는 바는 없지만 페일 국왕만 하더라도 카르와 같은 인재가 탐이 났다.

마스터를 쓰러뜨릴 정도로 강하고, 전쟁에서는 마스터 이상의 힘을 발휘한다.

모든 마법사가 카르와 같지는 않겠지만, 시간이 지나면 뛰어난 마법사가 나오지 말라는 법도 없었다.

그렇게 생각하면 페일 왕국에도 마탑을 세우는 것이 이익이긴 하다.

"알겠네. 대전 회의에서 안건을 꺼내보도록 하지."

"논의가 끝나면 여기로 연락을 주시길 바랍니다."

카르가 주머니에서 작은 반지 하나를 꺼냈다.

"통신 아티팩트입니다. 의지 전달형 아티팩트라 따로 오러를 일으키지 않아도 사용이 가능합니다."

"통신 아티팩트라? 먼 거리에 있는 상대와 연락을 할 수 있는 게로군?"

"맞습니다."

반지와 팔찌라는 형태만 다를 뿐, 레이엘에게 건넨 아티팩트와 같은 종류의 아티팩트였다.

카르는 아티팩트의 사용 방법과 그 효능을 상세히 알려주었다.

통신 아티팩트는 알려진 바가 없었기에 페일 국왕이 흥미를 보였다.

"티몬 공작, 어떻게 생각하나?"

"무엇을 말입니까?"

"먼 거리에 있는 상대에게 말을 직접 전할 수 있다는 것 말이네. 유용하지 않은가?"

페일 국왕은 단번에 아티팩트의 실용성을 생각해 냈다.

특히나 그 장점이 두드러지는 장소는 전장이었다.

"전쟁의 양상을 뒤엎을 보물입니다. 병사도 병사지만, 전쟁의 반은 다름 아닌 정보입니다. 이 물건은 그 정보를 보다 빠르게 전달할 수 있는 효과를 가지고 있습니다."

"우리 왕국에 마탑이 만들어지면… 이런 물건도 만들 수 있는 겐가?"

페일 국왕이 들뜬 어조로 물었다.

확실히 많이 탐이 나는 모양이었다.

"통신 마법은 그리 수준이 높은 마법이 아닙니다. 그보다 더 굉장한 아티팩트도 만들 수 있습니다."

"그렇군."

실질적인 물건을 보여 주고서야 더욱 구미가 당긴 페일 국왕이다.

마탑이 있는 것과 없는 것에 차이가 크다는 것을 그제야 실감할 수 있었다.

"긍정적으로 생각해 보도록 하지."

"감사합니다."

Chapter 07
준비

마탑의 영주

콰드득—

황금으로 만든 권좌가 우그러진다.

대리석으로 만들어진 대전의 바닥이 쩍쩍 금이 가며 금방 이라도 바닥이 무너져 내릴 것만 같았다.

알파엔 제국의 대전.

천 년 역사를 가진 곳이다.

지난 천 년간 이곳에서 수많은 대륙의 중대사가 오고 갔다.

그런 곳이 지금 살기로 가득 차 있었다. 대전에 모인 많은 귀족들이 머리를 숙이고, 몸을 오들오들 떨고 있었다.

단 한 사람을 무서워하기 때문이었다.

"지금 그걸 말이라고 하는 건가?"

그라엠 황제의 노기 섞인 물음.

그 물음을 직면하는 귀족은 바닥을 뚫을 것처럼 바닥에 머리를 찍었다.

"소, 송구하옵니다!"

"송구하다? 그래, 무엇이 말이냐?"

"그, 그게……."

그라엠 황제를 대하는 귀족은 몸을 부르르 떨었다. 두려움으로 인해 입이 떨어지지 않았다.

"십만 대군이 그대로 증발했다. 모두가 그대, 가온 후작의 추진이었지. 그래, 가온 후작 그대는 스스로의 목숨이 십만 명의 병사보다 크다고 생각하는가?"

"사, 사정이 있사옵니다."

간신히 목젖을 쥐어 짜 나온 한마디였다.

가온 후작은 지난 수십 년 세월 중 이토록 억울한 적이 없었다.

그의 표정에서 억울함을 읽은 것일까?

그라엠 황제의 표정이 한결 누그러졌다. 아니, 잠시 화를 식힌 것이라 하는 것이 맞으리라.

죽기 전 변명 정도 들어주는 것이 무어 어려울까.

잠시 들썩였던 엉덩이를 붙이며 그라엠 황제의 입이 떨어졌다.

"말해보라."

"마, 마법사가 나타났습니다."

"마법사라… 그래서?"

그라엠 황제는 시큰둥한 표정이었다.

그 표정을 확인한 가온 후작의 가슴이 철렁 내려앉았다.

그라엠 황제를 설득하지 못하면 자신이 이 자리에서 죽을 것이라는 것 정도는 알고 있었다.

하지만 마법사의 등장, 그 외에는 달리 변명거리가 없었다.

가온 후작은 머리를 바닥에 처박으며 찢어지는 음성을 토했다.

"마, 마법사가 너무 강했사옵니다. 혼자서 십만 대군을 쓸어버리는 괴물이옵니다! 십만이 아니라 그 두 배를 몰고 갔어도 결과는 달라지지 않았으리라 생각합니다!"

"변명이 과하군."

그라엠 황제의 입가에 비웃음이 떠올랐다.

그의 귀에는 가온 후작의 말이 패자의 구차한 변명, 그렇게밖에 들리지 않았다.

페일 왕국에 마법사가 등장했다는 것 정도는 그도 잘 알고 있었다.

실제로 마법사 하나를 만나 전투를 벌였고, 아쉽게도 놓쳤던 그였다.

마법사가 엄청난 신위를 발휘했다는 것 정도도 충분히 짐작이 가능한 부분이기도 했다.

십만 대군.

그 어마어마한 대군이 마법사에 의해 몰살되었다는 것도 들었다.

뿌득—

그라엠 황제의 이가 갈렸다.

그 소리가 대전 전체에 들릴 정도였다. 열변을 토하느라 잠깐 들렸던 가온 후작의 머리가 다시 바닥을 찍었다.

가온 후작에게 잘못이 없다 할 수는 없지만, 사실 이렇게까지 몰아붙일 필요는 없었다.

마법사에 대해 알려진 정보도 그다지 많지 않고 직접 조우를 해봤던 인물 또한 자신을 제외하면 거의 없다는 게 무방했다.

실체를 명확하게 알지 못하니 당하는 것도 어찌 보면 당연할 수밖에.

다만 그라엠 황제에게는 지금의 분노를 받아줄 누군가가

필요했을 뿐이다.

그 대상이 가온 후작이었다.

직접적인 연관이 있으면서도 처분을 받아도 이상이 없을 만한 인물.

"변명은 끝났는가, 가온 후작?"

"폐, 폐하! 다시 한 번만 사정을 헤아려 주십시오!"

"사정? 패한 장군이 사정을 헤아려 달라? 큭, 우습지도 않다."

그라엠 황제가 턱을 괴고 있는 상태로 손가락을 슥 그었다.

서걱―

촤악―!

가온 후작의 가슴팍이 길게 베였다.

대전의 붉은 코트 위로 피가 뿌려졌다. 붉은색보다 더욱 붉은 피였다.

가온 후작의 시선이 그라엠 황제의 눈을 직시했다. 마지막 순간 그는 원망 가득한 눈을 하고 있었다.

후작이라는 대귀족이 한순간에 대전에서 피를 뿌리며 죽어갔건만, 대전 안에는 그 어떤 소리도 흐르지 않았다.

모든 귀족들이 최대한 눈에 띄지 않고자 고개를 조아리고 숨을 죽였다.

그라엠 황제는 게슴츠레 눈을 뜨고 대전에 모여 있는 귀족들을 둘러본다.

"마법사는 아직 페일 왕국에 남아 있나?"

그라엠 황제의 날선 물음.

귀족들 중 한 명이 덜덜 떨리는 어깨를 위로하며 앞으로 나왔다.

"아, 아직 알아낸 바가 없사옵니다."

"알아낸 바가 없다… 그게 지금 할 소리인가? 정보부 참모인 게슈엘 공작, 그대가 말인가?"

게슈엘 공작이 고개를 푹 수그렸다.

"죄송합니다. 하지만 아무리 뒤져도 행방이 묘연합니다. 대륙 전역을 뒤지고 있으나 한순간 사라졌다가 멀리 떨어진 곳에서 나타나고, 다시 사라지기를 반복합니다. 행적이 묘연해 어찌 잡을 방도가 없습니다."

게슈엘 공작도 미칠 노릇이었다.

알파엔 제국의 정보부는 대륙 제일이라 알려져 있었다.

실제로 정보를 캐오는 세작들과 요원들의 수도 엄청나 어느 귀족가의 숟가락 수가 몇 개인지도 알아낼 수 있을 정도였다.

한데, 고작 단 한 사람의 종적을 찾아낼 수가 없었다.

찾아냈다 싶으면 다른 곳에서 나타나고, 다시 사라지기를 반복하니 행적을 추측할 수가 없는 것이다.

“으음…….”

그라엠 황제가 고개를 끄덕였다.

다른 때라면 정보부의 무능을 탓했겠지만, 그도 직접 목격한 적이 있었다.

두 눈 멀쩡히 뜨고 있는 가운데서 갑자기 사라진 마법사. 감히 대륙 최강을 자신하는 자신 앞에서도 빠져나간 녀석이다.

아무리 알파엔 제국의 정보력이 뛰어나더라도 예고도 없이 사라지는 녀석을 잡을 수는 없다. 인정할 것은 인정해야 했다.

“그렇다면 역시 페라스 영지인가 하는 그곳을 지워버리는 수밖에 없나?”

“이미 한 번 실패하지 않았습니까? 키에르 후작도 실패한 일입니다. 더 이상 보낼 사람이 없습니다.”

키에르 후작은 그라엠 황제가 알파엔 제국을 차지한 후로 알파엔 제국의 후작을 하고 있었다.

훗날 통일 제국이 되면 따로 별개의 대공령을 받겠다는 약조를 받고 그라엠 황제와 공조를 택한 것이다.

그리고 맡겨진 첫 임무가 바로 페라스 자작령의 말살이었다.

혼자로는 벅찰 것 같아 파거슨을 비롯한 다섯의 최상급 엑스퍼트, 삼백의 기사와 삼천의 군대를 주었다.

당연히 이길 것이라 생각했던 싸움.

한데 정작 그라엠 황제에게 돌아온 것은 키에르 후작의 패전 소식이었다.

페라스 자작령의 힘이 생각보다 강했다. 비단 마법사뿐만이 아니더라도 키에르 후작을 쓰러뜨릴 만큼 강한 정령사도 있었다.

마법사는 일거에 십만 대군을 쓸어버렸다.

마법사 한 명이라면 모를까, 정령사와 합공이라도 한다면 그라엠 황제로서도 확실한 승리를 장담하지 못했다.

"짐이 직접 가겠다."

그라엠 황제가 자리에서 일어났다.

직접 나서 마법사의 목을 베어버릴 심산이었다.

페일 왕국이 공격당하면 마법사 녀석도 분명 뛰쳐나올 것이라는 짐작이었다.

페일 왕국 다음에는 크란 왕국이니까 말이다.

*　　*　　*

그 뒤로 카르는 각 왕국을 돌아다니며 마탑에 대한 안건을 들이밀었다.

바로 국왕을 만나지 못한 곳도 있었지만 대부분의 왕국이 자신들의 왕국에 마탑을 세우는 것에 긍정적이었다.

이미 한 차례 마법사에 대한 소문을 들은 바도 있었고, 그 효율성 또한 카르가 직접 보여줬기 때문이다.

딱 한 곳, 베르하 왕국은 아직 확답을 내리지 못했지만 그들도 긍정적으로 검토를 하고 있다는 답장을 주었다.

순조로웠다.

검가의 뿌리만 확실하게 뽑을 수 있다면 옛 마도시대의 영광을 되찾는 것도 먼 미래의 이야기가 아닐 것이다.

카르는 한동안 페일 왕국에서 머물렀다.

페일 왕국은 크란 왕국과 알파엔 제국을 잇는 왕국이었다.

그런 만큼 크란 왕국의 피해를 줄이기 위해서는 페일 왕국을 지키는 일이 가장 우선이었다.

그때, 알파엔 제국의 이차 침공이 이루어졌다.

페일 왕국을 향해 삼십만의 병사가 오고 있었다.

알파엔 제국의 침공에 대비하기 위해 페일 국왕은 황급히 대전 회의를 소집했다.

소식을 들은 귀족들이 빠르게 대전으로 모여들었다. 그 자리에는 카르 역시 끼어 있었다.

"알파엔 제국에서 다시 한 번 우리에게 군대를 보내오고 있다는군.”

페일 국왕이 대전을 둘러보며 말을 이었다.

“지난번의 세 배, 삼십 만이라고 한다. 게다가 그라엠 황제도 출정했다는군.”

대전이 술렁였다.

삼십 만이라는 군대는 페일 왕국이 정상적인 상황이라 하더라도 막아낼 수 있을까 의문인 대군이었다.

게다가 마스터인 그라엠 황제까지 온다고 하니 긴장될 수밖에 없었다.

페일 국왕이 한 손을 들었다. 그러자 천천히 귀족의 술렁임이 잦아들었다.

“대책이 있는 사람은 발언해 주게.”

뚜벅—

모두가 입을 다물고 있는 가운데 티몬 공작이 한 발 앞으로 나섰다.

“말하게, 티몬 공작.”

“예. 신이 알기로 우리 페일 왕국에 마법사인 페라스 자작이 와 있는 것으로 알고 있습니다.”

페일 국왕이 고개를 끄덕였다.

“크란 왕국의 사신, 페라스 자작은 앞으로 나시오.”

티몬 공작의 발언에 귀족들이 고개를 돌리며 주위를 둘러

보았다.

국가의 중대사인 대전 회의에 타국의 귀족이 들어와 있다는 것은 그리 작은 일이 아니었다.

게다가 마법사인 페라스 자작에 대해서는 페일 왕국에 파다하게 퍼진 상태였다.

일전의 전쟁에서 크란 왕국의 사신 자격으로 온 페라스 자작이 큰 공을 세웠다는 사실을 모르는 귀족은 없었다.

귀족들 틈에서 한 명의 귀족이 빠져나와 대전의 중앙으로 향했다.

처음 보는 생소한 얼굴에 대전에 모인 귀족들은 그가 마법사인 페라스 자작, 카르라는 것을 알 수 있었다.

대전의 중앙에 선 카르가 페일 국왕을 향해 살짝 허리를 굽혔다.

"페라스 자작, 그대가 지난 전쟁에서 십만 대군을 홀로 상대했다고 들었다."

국왕의 한마디에 귀족들의 표정이 하나로 변했다.

하나같이 경악으로 물들 얼굴들.

십만 대군을 혼자 상대했다는 말에 누가 놀라지 않을까.

누구 하나 말을 꺼내지 않았다.

페일 국왕의 날선 표정을 보고 심상치 않은 분위기를 파악한 것이다.

"페라스 자작, 그대는 저 삼십만 대군을 상대할 수 있겠는가?"

"가능합니다."

페일 국왕의 표정이 활짝 펴졌다.

십만 대군을 상대했다는 이야기에 설마했지만 정말로 삼십만 대군을 상대할 수 있을 줄은 몰랐다.

바로 대답을 나오는 것을 보니 상당히 자신이 있는 모양이었다.

"하지만 그라엠 황제가 문제입니다."

"…그라엠 황제가?"

페일 국왕이 표정을 굳혔다.

십만 대군을 쓰러뜨리고, 삼십만 대군도 자신이 있다는 카르가 마스터 한 명이 문제라니.

마스터가 그 정도로 위력적인 존재인가 싶었다.

"그라엠 황제는 보통 마스터가 아닙니다."

"그걸 자네가 어떻게 아나?"

"일전에 한 번 싸워봤습니다. 간신히 도망쳐 나왔고, 그 싸움으로 인해 두 달간 요양을 해야 할 정도였습니다."

"졌다는… 이야기인가?"

카르가 고개를 끄덕였다.

페일 국왕을 비롯한 티몬 공작, 그리고 대전에 모인 귀족들의 표정이 어둡게 변했다.

"하지만 그 뒤로 진전이 있긴 했습니다."

"진전?"

"네. 다시 싸운다면 그때와 같이 지지는 않을 겁니다."

페일 국왕의 표정이 다시 펴졌다.

하지만 그 반응은 처음과 같은 밝은 모습이 결코 아니었다.

"이번에는… 이길 수 있겠나?"

"확실하지 않습니다. 하지만……."

아주 오래 갈등한 문제였다.

과연 자신은 그라엠 황제를 이길 수 있는가. 그 질문이 계속 머릿속에 메아리쳤다.

끝까지 답이 나오지 않는다. 머릿속에서 무수히 많은 싸움을 치렀지만, 확실히 이길 수 있다는 답은 끝내 나오지 않았다.

신의 지식이라는 예지 능력도 소용이 없다.

아무리 수십만 대군을 쓰러뜨릴 수 있는 카르이지만 그것은 마법사이기 때문에 가능한 일이었다. 그것이 바로 마법사와 검사의 차이였다.

결국 카르가 답할 수 있는 것은 하나뿐이었다.

"반반입니다."

"반반? 확실한가?"

“네. 이길 수도, 질 수도 있습니다. 그는… 아마 평범한 마스터 다섯이 덤벼도 이기지 못할 겁니다.”

카르가 생각하는 그라엠 황제의 무력 수위였다.

지금 생각해 보면 그때 도망칠 수 있었던 것이 기적이라고 할 만했다.

일말의 기적 덕분에 도망칠 수 있었던 것도, 도서관을 물려받으면서 마법 수위가 급증한 덕분이라 할 수 있었다.

카르의 발언에 페일 국왕과 티몬 공작의 입이 떡 벌어졌다.

마스터 다섯을 상회하는 무력?

그라엠 황제가 그 정도로 강하다는 소리는 처음 들었다.

세상에 알려진 그의 무력은 일반적인 마스터와 비슷한 수준이었다.

하지만 직접 겨뤄본 카르의 말이기도 했으니 안 믿을 수도 없었다.

“괴물이군.”

“인간 같지는 않더군요.”

마법이 아님에도 의지만으로 공간을 이동하고 검을 휘두르는 것으로 공간을 베어낸다.

평범한 인간의 범주를 벗어난 것만은 확실했다.

“페라스 자작.”

“예, 폐하.”

"그라엠 황제를 막아줄 수 있겠나?"
카르는 지그시 눈을 감으며 허리를 숙였다.
"대마도시대의 부흥을 위하여 그리하겠습니다."

Chapter 08
마의 숲

이틀이라는 시간이 흘렀다.

비탄 요새의 바로 앞 평야가 들썩였다. 마치 지진이라도 난 것처럼 행과 열을 맞춰 걸음을 옮기는 소리가 진동했다.

그 소리에 비탄 요새에서 알파엔 제국의 군대를 기다리는 병사들이 바짝 긴장했다.

알파엔 제국의 군대는 무려 삼십만이었다.

카르의 세피언 요새에서 승부를 보기로 한 티몬 공작은 비탄 요새에서 상당수의 병사들을 세피언 요새로 물려 놓았다.

사실상 비탄 요새는 버리는 패. 비탄 요새에 있는 병사들은 죽은 목숨이나 다름없었다.

"저기인가?"

그라엠 황제는 말 위에서 비탄 요새를 바라봤다.

천해의 요새까지는 아니더라도 상당히 단단해 보이는 요새였다.

성벽이 높고 거대한 성문은 뚫기가 무척 힘들어 보였다.

물론 일반인들의 기준에서야 그렇다.

그라엠 황제의 눈에는 당장에라도 찢어질 종이처럼 보일 뿐이다.

"허술하군. 마법사는 없는 건가?"

그라엠 황제가 근처에 있는 부관을 보며 물었다. 그에게는 이따위 요새보다 마법사 한 명을 죽이는 것이 훨씬 가치있는 일이었다.

"모르겠습니다. 워낙 종적을 알 수 없는 놈인지라……."

"그래? 뭐, 제 영지까지 들쑤셔 놓으면 알아서 나타나겠지. 계속 전진한다."

그라엠 황제가 손을 들었다.

공격을 명하는 손짓이었다. 그러자 부관이 당황했다.

"긴 행군으로 병사들이 피곤해 하고 있습니다. 여기 군막을 치고, 하루 쉬었다가 공격하심이 어떤지요?"

그라엠 황제가 들었던 손을 내렸다.

그러자 부관은 그라엠 황제가 마음을 돌렸다는 생각에 안도의 한숨을 내쉬었다.

"그럴 필요없다."

스릉—

내려간 그라엠 황제의 손이 검을 뽑았다.

부관은 그 검이 자신에게 향할까 싶어 몸을 움츠렸다. 그라엠 황제가 얼마나 손속이 매운 인물인지는 대전 회의에서 겪어 알고 있었다.

눈을 질끈 감고 고개를 숙인 부관을 향해 그라엠 황제의 목소리가 들려왔다.

"저 요새를 점령하고, 거기에서 병사들을 쉬게 하면 되는 일이다."

"저, 저 요새를 말입니까?"

부관의 움츠렸던 어깨가 펴졌다. 다행히 그라엠 황제는 그를 숙일 생각이 없었다.

부관이 다시 한 번 비탄 요새의 견고함을 두 눈으로 확인했다.

아무리 삼십만 대군이라고 하더라도 저 요새를 공략하는 것은 그리 쉬워 보이지 않았다.

'시간이 조금 걸릴 텐데……'

당장 성문을 부수는 것도 성벽을 타고 올라가는 것도 힘들
어 보였다.

하지만 부관은 더 이상 그라엠 황제의 말에 토달지 않았다.

다시 한 번 토 달았다가는 이번엔 자신의 목이 달아날 것만
같았다.

"준비해라."

그라엠 황제의 묵직한 말.

부관이 고개를 조아렸다.

"알겠습니다."

*   *   *

뿌우우우—

거대한 고동이 열을 맞춰 일제히 울렸다.

고동소리는 평야 끝까지 전달되었다. 출전을 명하는 소리
였다.

"와아아아—!"

알파엔 제국의 병사들이 비탄 요새를 향해 뛰어나갔다. 강
행군을 하긴 했지만, 압도적인 수적 우세를 믿고 사기가 올라
있는 병사들이었다.

물밀듯 달려 나가는 병사들.

비탄 요새 위에서 우수수 화살이 쏟아졌다.

"흐음, 한심하구만."

화살을 맞고 쓰러지는 병사들을 보며 그라엠 황제가 눈살을 찌푸렸다.

나무로 만들어진 방패가 있건만, 그 방패가 모든 병사들을 지켜주지는 못했다. 나무 방패를 뚫고 들어오는 화살도 있었고 미처 반응하지 못해 화살을 맞고 쓰러지는 병사들도 있었다.

"하긴 전쟁에서 단 한 명의 희생도 없는 건 정상이 아니지."

잠시 병사들의 전쟁을 지켜보던 그라엠 황제가 앞으로 나섰다.

말에서 내린 그라엠 황제는 천천히 걸었다. 찬란한 은빛 갑옷을 입은 그라엠 황제는 무척 눈에 띄어 적군 병사들의 표적이 되었다.

순식간에 그라엠 황제를 향해 많은 화살이 쏟아졌다.

대부분은 정확한 조준을 하지 못한 화살이었지만 워낙 그 수가 많다 보니 그라엠 황제를 향해 다가오는 화살도 있었다.

"화살이라……."

서걱—

그라엠 황제를 향해 쏘아진 화살이 반으로 베어졌다.

단순히 내뿜는 기세로 만들어 낸 현상이었다.

“가소롭군.”

그라엠 황제에게 다가오는 화살들이 하나하나 베어졌다.

그라엠 황제는 뽑아놓은 검을 들지조차 않았다.

그렇게 천천히 다가간 그라엠 황제는 고개를 들어 비탄 요새를 바라봤다.

요새 위로 분주하게 명령을 내리는 이들이 보였다. 그들의 지휘에 따라 병사들이 거대한 바위를 들거나 끓는 기름을 뿌리기도 했다.

그라엠 황제가 그 모습을 보며 가소로운 듯이 웃었다.

그리고 검을 치켜든다.

“여기가 우리 병사들이 쉴 곳이란 말이지?”

조심조심, 그라엠 황제의 검이 내려온다.

“그럼 살살 해야겠군.”

그라엠 황제의 검이 땅을 향해 내려왔다.

쩌어억―!

비탄 요새의 성문이 베어졌다.

마치 거대한 틈이 생긴 것처럼 어두운 공간이 성문을 잠식했다.

공간이 베어졌다.

알파엔 제국, 페일 왕국 할 것 없이 모든 병사들이 동요했
다.

알파엔 제국 병사들 중에는 성문에 가까이 다가가지 않기
위해 아군 병사들을 밀치는 이들도 있었다.

하지만 곧 그 괴이했던 검은 공간이 닫혔다.

잠시 벌어졌던 공간의 틈이 사라진 것이다.

그리고 그와 함께 좌우로 길게 벌어진 비탄 요새의 성문이
눈에 들어왔다.

"들어가서 쓸어 버려라."

우우우웅─

조용히 내뱉은 말.

하지만 그 말은 거대한 울림이 되어 알파엔 제국의 병사들
의 귀로 파고들었다.

"우아아아아!"

알파엔 제국의 병사들의 함성.

어마어마한 신위를 가진 황제가 자신들의 편이라는 황제
의 무력의 절대적인 믿음에 대한 함성이었다.

*　　　*　　　*

비탄 요새가 뚫렸다.

페일 왕국의 국경을 지키는 철벽이 뚫렸다.

그 소식은 세피언 요새에 전달되었다.

심지어 얼마 전까지만 하더라도 자신들의 군사가 지키고 있던 비탄 요새에서 알파엔 제국의 병사들이 휴식을 취하고 있다는 소식이었다.

쾅—!

"제길!"

티몬 공작이 움켜쥔 주먹을 탁자에 내리찍었다.

분한 마음을 이길 수가 없었다.

이렇게 쉽게 그 견고한 비탄 요새가 뚫릴 줄이야 누가 알았겠는가.

그것도 소식에 의하면 그라엠 황제의 일 검에 성문이 뚫렸다고 한다.

일 검.

단 한 번.

그 단번의 휘두름이 전쟁의 양상을 바꿔놓았다.

상대가 마스터라고는 하나 그 한 사람에 의해 전쟁이 좌우된다는 것은 티몬 공작의 상식에 크게 어긋나는 일이었다.

아니, 어쩌면 그러한 사실이 존재한다는 자체를 부정하고 싶었던 건지도 몰랐다.

“괴물이군. 괴물이야…….”

“마스터 쯤 되면 다들 괴물이 되더군요.”

카르는 무척이나 태연한 듯했다.

티몬 공작과는 달리 느긋하게 다과를 즐기고 있었다.

그 모습에 티몬 공작은 더 열불이 났다.

“자네는 왜 이리 태평한 겐가! 당장 내일이면 삼십만 대군을 맞이해야 하는데!”

“신경 안 씁니다.”

“그라엠 황제가…….”

“그 정도는 저도 할 수 있습니다.”

카르는 쿠키를 한 입 베어 물며 찻잔을 기울였다. 그 대답에 티몬 공작은 할 말이 없었다.

자신도 할 수 있다는데 뭐 어쩌겠는가. 괴물들끼리 잘 놀라고 해야지.

“후우… 미치겠군.”

“조급해 할 필요없어요.”

“자네는 불안하지도 않은가?”

“불안해 봤자 소용도 없습니다. 어차피 달라지는 것도 없지 않습니까. 차라리 이렇게 마음을 차분하게 가라앉혀 주는 것이 나아요.”

티몬 공작은 입을 꾹 다물었다.

카르의 말이 맞았다.

내일 싸우기 위해서는 이렇게 조급해 하는 것보다는 차라리 긴장을 풀고 마음을 가라앉히는 편이 나았다.

하지만 정상적인 사람이라면 긴장되고 떨리는 것이 당연하다.

티몬 공작은 카르가 불만스러운 것이 아니라 정확히는 이해되지 않는 것이다.

"그나저나 전에 준비한다고 하던 거는 어떻게 됐나? 이 앞에서 뭔가 하고 있던데."

"아, 그거요?"

카르가 찻잔을 내려놓았다.

"내일 보시면 알게 될 겁니다."

                    *   *   *

깊은 밤중 카르는 눈을 감았다.

잠에 빠져든 것이 아니었다. 잠을 잔다기보다는 심상 공간 속으로 들어간 것이다.

정신을 차리고 눈을 떠 보니 익숙한 공간에 있었다.

바로 도서관 안이었다.

평소와 다를 바 없는 책장들과 그에 빽빽이 꽂혀 있는 무수히 많은 책들.

카르에게 있어서 도서관은 가장 마음이 편안해 지는 고향 같은 곳이었다.

"뭐, 이제는 거의 다 아는 지식들이지만."

카르는 책들을 하나하나 둘러봤다.

책 제목들이 모두 낯설지 않았다. 애초에 로오돈의 지식이 이 도서관의 기반이었다.

책이 많은 만큼 중복되는 내용 또한 존재했다.

내용이 겹치는 책을 제외한다면 아마도 이 많은 책들의 대부분이 아는 내용이리라.

카르 역시 죽으면 이러한 책의 형태로 도서관에 묻히게 될 것이다.

'그것도 나쁘지 않군.'

도서관에 뼈를 묻는다.

나쁘지 않은 생각이었다.

남들처럼 땅에 묻히거나 화장을 하는 것보다야 훨씬 나았다.

'이거야말로 마법사다운 죽음 아닌가?'

죽어서 후세에게 자신의 살아생전의 지식을 남긴다. 이 얼마나 좋은 일인가.

카르는 걸음을 옮겼다.

책장들 사이를 걸어 하나하나 제목을 살펴봤다.

역시나 거의 대부분 익숙한 제목들.

그중 카르의 눈에 띈 책이 있었다.

딸칵―

빼곡하게 꽂혀 있던 책들 중 카르가 한 권의 책을 집어 들었다.

니르단.

책의 제목이었다.

카르의 스승의 이름. 니르단이 카르에게 보내는 편지와 같은 책.

참으로 신기했다.

도서관에 있는 책에는 인과관계에 대한 책따위는 존재하지 않았다.

오직 마도시대로부터 내려온 수많은 마법사들의 지식뿐이었다.

하지만 단 한 권 니르단이 카르에게 보내는 책이 존재했다.

어쩌면 카르가 죽는 순간 사라질지도 모르는 책이다.

이 도서관의 성질을 생각한다면 그것은 어쩌면 지극히 당연할지 모른다.

책의 형태로 전해진 니르단의 편지.

이미 한 번 읽었던 것이지만, 카르는 그 편지를 다시 한 번 읽고 싶었다.

카르는 책을 펼쳤다.

책을 읽는 내내 카르의 입가에는 웃음이 번졌다.

그리고 눈에는 눈물이 고였다.

카르의 눈이 책을 읽어 내려갔다.

이십 분이면 두꺼운 책을 다 읽어내는 카르였지만 얇디얇은 니르단의 책을 읽는 데에는 한참이 걸렸다.

그리고 마지막 페이지가 넘어갔다.

카르야.

슬퍼하지 말아라.

단 두 줄이 적힌 페이지.

카르는 고개를 끄덕였다.

"네."

*　　　*　　　*

다음날.

아침이 밝고, 해가 중천에 떠올랐다.

카르는 제복을 벗고 로브를 걸쳤다. 황금색 드래곤이 수놓아져 있는 화려한 로브였다.

준비를 마친 카르는 세피언 요새 위로 올라갔다.

멀리 떨어진 곳에서 어마어마한 수의 군대가 다가오는 것이 보였다.

"정말 개미 떼처럼 몰려들 왔군."

카르가 징그럽다는 듯이 중얼거렸다.

그 모습을 바로 옆에서 지켜보던 프라다가 물었다.

"정말 저들을 다 죽일 셈이냐?"

"되도록 안 죽이고 끝내도록 노력해야죠."

상황이 여의치 않으면 그렇게 하겠다는 말.

프라다가 한숨을 푹 내쉬었다.

그때, 가장 앞서 말을 타고 다가오는 그라엠 황제가 시야에 들어왔다.

"저기 오네요, 그라엠 황제."

"가장 앞에서 말을 타고 오는 녀석 말이냐?"

입고 있는 갑옷이 화려했기 때문인지 아니면 느껴지는 기세가 범상치 않기 때문인지 프라다는 곧장 그라엠 황제를 알아봤다.

"위험한 냄새가 물씬 풍기는군. 그나저나 전쟁터에서 황제라는 녀석이 가장 앞장서서 오다니 어지간히도 자신감이 넘치나 보군."

"혼자서도 왕국을 정복할 기세죠. 뭐, 그만큼 실력을 갖추기도 했고요."

"이 정도 거리면 공격을 해볼 법도 하구나. 어때, 시도해 볼까?"

프라다의 주위로 정령이 모여들었다. 각각 차갑고, 뜨겁고, 따갑고, 우직한 기운이었다.

카르는 고개를 저었다. 아무리 기습이라고 해도 프라다의 공격으로 어떻게 해볼 수 있는 상대가 아니었다.

"그냥 둬요."

"쩝, 알았다. 그럼 네 녀석이 준비한 마법이나 구경 좀 하자."

"조금만 더 오면 그때요."

카르는 조급해 하지 않고 기다렸다.

마법진의 범위에 그라엠 황제가 들어오려면 앞으로 조금이었다.

그때 그라엠 황제의 시선이 위로 올라왔다.

그라엠 황제와 카르의 시선이 딱 마주쳤다.

"눈치챘나 보군."

“그러게요.”

후웅—

카르의 발이 바닥에서 떨어졌다.

“직접 갈 생각이냐?”

“안 그러면 요새를 박살 내서 저를 내려오게 할 걸요?”

그라엠 황제는 그 정도로 무식한 녀석이었다.

아니나 다를까, 카르가 천천히 요새 위에서 내려오자 그라엠 황제는 검의 손잡이로 가져갔던 손을 떼었다.

하늘을 날아 내려온 카르는 딱 보더라도 마법사인 것을 알 수 있었다.

카르를 적이라고 인지한 병사들의 활대가 팽팽해지며 순식간에 카르를 노렸다.

“됐다.”

그라엠 황제가 손을 들었다.

카르가 활 따위가 통할 상대가 아님을 겨루어 본 그도 잘 알고 있었다.

두 사람의 거리는 그리 멀지 않았다. 그라엠 황제가 마음만 먹으면 한걸음에 달려가 언제든지 목을 취할 수 있는 거리였다.

하지만 그라엠 황제는 그러지 않았다.

그렇게 쉽게 끝내기에는 그의 안에 쌓인, 지금까지 참아온 화가 너무 컸다.

"오랜만이군."

"오랜만에 만났다고 반갑게 인사할 사이는 아닌 것 같습니다만?"

"그렇지. 큭큭."

스릉―

퉁명스러운 대답에 그라엠 황제가 천천히 검을 뽑았다.

카르의 말대로 서로 인사나 나눌 사이는 아니었다.

"저 위에 있는 노인은 정령사라는 녀석이더냐?"

그라엠 황제가 카르를 향해 검을 겨누며 물었다.

카르는 긴장을 바짝 당겼다. 지금 이 순간부터는 긴장을 놓는 순간 죽을 각오를 해야 했다.

"그렇다면요?"

"이 자리에서 다 끝낼 수 있겠군. 저 노인도 내려오라고 해라. 함께 죽여줄 테니."

카르가 입가를 틀며 비웃음을 지었다.

"그럼 당신 무조건 죽어요."

"헛소리 마라."

"당신은 저 하나 상대하는 것만도 벅찰 겁니다."

카르가 천천히 마나를 끌어올렸다.

몸속에서 꿈틀거리며 용솟음치던 마나가 사방을 향해 폭

발적으로 터져갔다.

그 기세에 가까이 있던 병사들이 몸을 벌벌 떨었다.

그라엠 황제는 피부가 저려오는 것을 느끼며 미간을 찌푸렸다.

"네놈, 그 사이 뭘 한 거지?"

카르는 대답하지 않았다.

그러자 그라엠 황제의 노기가 머리끝까지 뻗혔다.

"오냐, 상관 없지. 네놈을 죽이면 그것으로 끝일 테니까!"

퍼엉—!

그라엠 황제의 몸이 튕기듯 쏘아졌다. 눈 깜짝할 사이 카르의 앞으로 다가온 그라엠 황제가 검을 위에서 아래로 매섭게 내려쳤다.

그 순간 땅이 거세게 울렸다.

"어서 오십시오."

카르의 입가에 진한 미소가 번졌다.

*　　　*　　　*

그라엠 황제는 주위를 둘러봤다.

사방이 음침했다.

분명 대낮인데도 빼곡하게 들어선 나무들 때문인지 사방이 어둡다.

"여긴 어디지?"

그라엠 황제는 기감을 넓혀 주위를 확인했다.

그런데 이질적인 기운이 느껴졌다.

"음……?"

마치 다른 세상에 떨어진 기분. 이질적인 기운이 기감을 방해했다.

오러를 끌어올리기가 껄끄럽다. 사방에 퍼진 기운 때문에 감각도 숨을 죽인 느낌이었다.

"기분 나쁜 곳이군."

촤악—

살짝 검을 휘두르니 뒤에 있는 나무가 베어졌다.

그 나무 뒤로 카르가 슬쩍 빠져나왔다.

"네놈 짓이냐?"

"마음에 드십니까?"

카르가 고개를 들어 하늘을 바라봤다.

나뭇잎 사이로 살짝 드러난 햇빛. 대낮인데도 숲속에 빛이라고는 그게 전부였다.

"여긴 어디지?"

"마의 숲. 이름 정도는 들어 보셨겠지요?"

그라엠 황제가 표정을 찌푸렸다.

"금역이라……."

카르가 고개를 끄덕이며 그라엠 황제의 반응에 응대를
했다.

"네, 금역입니다. 한번 들어오면 절대 살아 돌아올 수 없다
는."

"그렇군. 아모스 공작이라는 녀석도 여기 들어왔다가 돌아
오지 않았다고 했지. 네 녀석 짓이었나?"

"그렇게 됐습니다."

죽었으려니 생각은 했지만 눈앞의 마법사에 의해 죽었는
지는 몰랐었다.

"그래서 날 여기로 끌고 온 이유가 뭐지? 장소가 바뀐다고
네가 날 이길 수 있을 거라 생각하나?"

"이점이라면 여러 가지가 있습니다."

파앗—

그라엠 후작의 오른쪽을 뺨으로 한 줄기 검은 인영이 스치
고 지나갔다.

너무 살짝 스치고 지나간 터라 피도 나지 않았지만, 분명
뺨에 무언가 닿은 것이 느껴졌다.

"저번에 그 녀석인가?"

"네. 이곳에서는 그 녀석이 더 은밀해지죠."

이곳은 마의 숲이다.

그리고 이곳에 가득 찬 기운은 흑마나다.

그림자는 흑마나로 이루어진 결정체. 일반적인 마나보다는 흑마나가 가득한 이곳에서 그 은밀함과 힘이 더 강해진다.

그림자 또한 카르가 가지고 있는 힘 중 하나이자 지금까지 위기의 순간을 모면하는 데 도움이 되어 준 존재.

카르의 마나가 남아 있는 한 절대 죽지 않는 반불사의 존재이기도 했다.

"확실히 이 녀석은 성가시지. 인정한다."

"두 번째로 당신입니다."

"나 말이냐?"

"내색하지는 않아도, 확실히 느낄 수는 없어도, 이 주위에 있는 기운은 검사들이 말하는 오러라는 기운을 억제합니다. 서로 상반되는 두 기운이 부딪히기 때문이죠."

그라엠 황제의 이마가 꿈틀거렸다.

실제로 이곳에 오면서 오러를 끌어 올릴 때 이질적인 느낌이 드는 것이 사실이었다.

방해를 받을 정도까지는 아니라고 생각했는데, 막상 싸움을 시작하면 어떤 영향을 끼칠지는 사실 모르는 것이었다.

불쾌감이 든 그라엠 황제는 오러를 끌어올렸다.

스멀스멀 올라온 오러가 강렬한 기세로 바뀌어 사방을 압박했다.

"아무 문제없군."

"단지 기운을 끌어 올리는 정도는 문제없어도 영향이 아예 없을 수는 없을 겁니다."

그라엠 황제가 허세를 부리는 것을 눈치챈 카르였다.

"그래서 넌 이 기운에 아무렇지도 않은 게냐?"

"네. 멀쩡합니다."

카르는 마나와 흑마나가 결국 같은 기운이라는 것을 깨달았다.

결국에는 똑같은 마나고 그저 차이가 있다면 색이 다를 뿐이라는 것이다.

그것을 깨달은 카르에게는 흑마나나 일반적인 마나나 그리 다를 것이 없었다.

"그래서… 여기라면 네가 이길 수 있다, 이거냐?"

"질 것 같으면 이런 방법을 쓰지도 않았습니다."

카르가 씩 웃으며 마나를 끌어올렸다.

완벽한 장소였다.

자신에게는 유리하고 그라엠 황제에게는 제약이 따르는 장소.

어지간한 공격 마법 하나보다는 싸움의 전체적인 흐름에
영향을 미칠 수 있는 장소를 선정하는 것이 훨씬 나을 것이란
판단을 내렸다.
"자, 그럼 시작하죠."

Chapter 09
결전

마탑의 영주

콰앙—!

그그그그— 쿵—!

나무가 우수수 쓰러진다.

하늘까지 솟을 듯한 거대한 나무가 쓰러지자 서서히 햇빛이 숲 안으로 들어오기 시작했다.

그라엠 황제의 검이 허공에서 휘어졌다. 순간적으로 환각인가 싶었지만 검이 순식간에 사라졌다.

쐐액—!

카앙—!

카르의 등 뒤에서 날카로운 금속음이 들려왔다. 혹시나 해서 항상 준비해 놓은 막이었다.

'검이 이동해?'

이전의 그라엠 황제는 몸 전체가 이동했다. 한데 지금은 공간을 타고 검만이 이동했다.

공간 이동이 또 다른 경지에 오른 것이다. 카르는 침을 꿀꺽 삼키며 긴장했다.

'이거 그냥 붙었으면 큰일 날 뻔했군.'

카르의 손에서 수십 줄기의 빛이 쏘아졌다.

쐐쐐쐐액―

강렬한 파공음을 내며 대기를 찢은 빛줄기가 그라엠 황제의 몸을 꿰뚫었다.

아니, 꿰뚫은 것처럼 보였다.

그라엠 황제의 신형이 사라졌다. 착각이었다.

쩌억―

방금 전까지 카르가 있던 자리의 공간이 갈라졌다.

수많은 먼지들이 갈라진 공간의 틈으로 빨려 들어갔다.

쿠웅―

거대한 중력이 그라엠 황제의 어깨를 짓눌렀다.

나무가 쓰러지며 햇빛을 받은 숲이 다시 어둠으로 물들었다.

오시리스의 밤이었다.

"큭, 잔재주를……."

스스스―

그라엠 황제의 몸에서 오러가 피어올랐다. 어마어마한 오러가 오시리스의 공간을 밀어냈다.

타론 공작을 비롯한 다른 마스터들은 겨우겨우 밀어낸 공간을 그라엠 황제는 너무나도 손쉽게 밀어냈다.

물론 그것도 카르의 계산 범위였다.

"잔재주가 아니라 마법입니다."

콰지직―!

콰아앙―!

거대한 번개가 마른하늘에서 떨어졌다. 귀를 울리는 번개 소리가 그라엠 황제의 청력을 때렸다.

"시끄럽군."

쩌억―!

그라엠 황제의 검이 번개를 갈랐다. 순간적인 반응 속도가 번개보다도 빨랐다.

탁―

카르가 나무 위로 내려앉았다. 방금 전의 공격이 상당히 아쉬웠다.

'역시, 마법이긴 해도 진짜 번개만큼 빠른 건 아닌가? 소리

보다도 느리니 원……'

게다가 두 번째 변수는 바로 그라엠 황제의 공간 절단이었다.

설마하니 번개까지 베어 버릴 줄이야 누가 알았겠는가.

서걱—

파직—!

그라엠 황제의 검격이 카르가 있는 자리로 날아들었다. 그 순간 카르의 몸이 번개처럼 사라졌다.

콰앙—!

그라엠 황제의 뒤로 거대한 폭발이 일었다. 등에서 느껴지는 화끈한 느낌에 그라엠 황제가 잠시 휘청거렸다.

"큭."

그라엠 황제가 황급히 몸을 돌렸다. 등 뒤로 돌아 검을 휘두르자 그 자리로 카르가 나타났다.

쩌정—!

황급히 생겨난 막과 그라엠 황제의 검이 부딪혔다. 카르는 그라엠 황제가 다시 한 번 검을 휘두르기 전에 황급히 몸을 빼냈다.

'위험할 뻔했군.'

방금 전 공간 절단을 사용하기라도 했다간 그대로 몸이 두 동강 날 뻔했다.

마법으로 만든 막은 그라엠 황제의 검을 막아낼 수는 있어
도 공간 절단까지 막아낼 수는 없었다.

'그나마도 부서졌군. 급히 만들어서 그런가?

잘 보이지는 않지만 막이 거의 반쯤 부수어져 있었다.

카르는 재차 막을 생성하고는 자신의 적인 그라엠 황제를
노려봤다.

'그래도 한 가지 소득은 얻었군. 반사적으로 휘두른 검으
로는 공간 절단을 못해. 상당한 집중력이 필요한 모양이
야.'

분석이 끝나자 카르는 다시 움직이기 시작했다.

'그럼 이렇게 소극적일 필요는 없지.'

그라엠 황제가 멀리 떨어져 있는 카르를 향해 검을 휘둘렀
다.

순식간에 검이 허공에 십수 번 휘둘러졌다.

쩌저저적—

쩌적—!

카르가 있던 주위의 공간이 갈라지며 사방이 찢겨져 나갔
다.

그라엠 황제는 최대한 기감을 확장해서 카르를 찾았다.

"거기냐!"

쉬익—

그라엠 황제가 반사적으로 휘두른 검에서 무시무시한 검압이 쏟아졌다.

아니나 다를까, 그 자리로 카르가 나타났다.

콰아아앙—!

카르가 만들어 낸 막과 그라엠 황제의 검압이 부딪혔다.

그 여파로 주위에 우뚝 서 있던 나무들이 우수수 쓰러졌다.

파파팟—

카르의 몸이 섬광처럼 뒤로 빠져나갔다. 그라엠 황제가 그런 카르를 쫓았다.

콰앙—!

쩡—!

허공에서 마법과 검이 격돌했다.

카르는 마법으로 몸을 빼내며 도망치고 그런 카르를 그라엠 황제가 쫓아갔다.

카르의 마법과 그라엠 황제의 검이 격돌할 때마다 그 충격으로 주위의 지형이 변해갔다.

대인 공격 마법 위주로 마법을 사용했는데도 그 위력에 마의 숲이 초토화되고 있었다.

콰콰콰—

그라엠 황제의 검압이 날아들었다.

이번에도 어김없이 검압은 허공을 갈랐다.

쩌억─!

공간이 갈라졌다. 그 바로 옆으로 카르의 모습이 나타났다.

"쥐새끼 같은 녀석."

그라엠 황제의 표정이 와락 일그러졌다.

도대체 어떻게 아는 것인지 공간 절단을 교묘하게 피해낸다.

자신이 어디로 움직일지도 미리 다 아는 것만 같았다.

게다가 마법의 위력도, 사용하는 속도도, 예전과는 비교도 되지 않을 정도로 위력적이고 빠르다.

이렇게 가면 끝이 없었다. 아니, 되레 자신이 당할지도 모른다.

위기감을 느낀 그라엠 황제가 검을 꽉 움켜쥐었다. 생각보다 싸움이 훨씬 힘들었다.

게다가 생각 이상으로 주위에 퍼져 있는 기운이 방해가 많이 되었다.

싸우다 보니 보다 확실하게 느낄 수 있었다.

주위에 퍼져 있는 기운이 오러를 끌어올리는 것을 방해하고 있었다.

그리 심하게 방해가 되는 것은 아니지만 그 조금이 싸움에 있어서 적게 영향을 끼치는 것만은 아니었다.

쑤욱—

그라엠 황제의 검이 공간을 넘나들었다.

공간을 넘어간 검이 카르의 아래에서 솟아올랐다.

하지만 어찌 된 일인지 카르는 또다시 검을 피해 위로 향했다.

"후우—"

카르는 길게 한숨을 내쉬며 그라엠 황제를 노려봤다.

그라엠 황제 역시 카르를 쉽게 잡을 수 없다는 것을 깨달았는지 잠시 눈을 부라리며 상황을 주시하고 있었다.

'쉽지 않은데.'

마법을 쏘아내는 족족 쳐내고 피해대니 어떻게 할 도리가 없었다.

위력이 더 강한 마법을 쓰고 싶어도 그라엠 황제가 그럴 시간을 주는 사람도 아니었다.

마법을 준비하고자 하면 재빨리 낌새를 눈치채고 공격을 퍼붓는 그라엠 황제다. 감각적으로 위협을 감지하는 듯했다.

'역시 그 수밖에 없나?'

예전 같으면 심하게 꺼려했을 테지만 지금은 그렇게까지 거북하지는 않았다.

단지 외관상 썩 좋지 않을 뿐이었다.

결심을 굳힌 카르가 다시 마법을 준비하기 시작했다. 카르가 뭔가를 행하려는 낌새가 보이자 그라엠 황제가 서둘러 움직였다.

촤아아아악—

날카로운 검격이 빠르게 쏘아졌다. 수십 갈래로 분산된 검격은 사방의 나무들을 동강 내었다.

카르의 몸은 반투명한 막으로 보호되고 있었다.

직접적으로 검을 휘둘러 오러로 부수지 않는 한 검격을 황용하는 간접적인 방식으로는 막을 깨뜨릴 수 없었다.

"흑마법 아포피스."

카르의 마법이 완성되었다.

—캬아아아.

음산한 울부짖음.

그라엠 황제가 섬뜩한 느낌에 사방을 둘러봤다.

"이것들은… 또 뭐지?"

반투명한 하얀 인영들이 그라엠 황제를 향해 머리를 내밀었다.

허공을 둥실 떠다니는 그것들의 얼굴은 괴상망측할 정도로 망가져 있었다.

"아포피스 1장, 속박의 영혼."

떠돌아다니는 영혼이 그라엠 황제에게로 서서히 다가갔
다.

벌어진 입 사이로 날카로운 이빨이 드러났다.

"기분 나쁜 녀석들이군."

그라엠 황제가 가까이 다가온 영혼을 향해 검을 휘둘렀다.
하지만 검은 영혼에게 닿지 않고 오히려 통과되었다.

"이 녀석들……."

쩌억—

입을 벌리고 다가오던 영혼이 있던 공간이 갈라졌다. 어두
운 공간은 무엇이든 먹어 치울 것처럼 아가리를 벌리고 있었
다.

무엇이든 못 베는 것이 없는 게 바로 공간 절단이다.

그라엠 후작은 당연히 영혼이 베어졌을 것이라 생각해 신
경을 돌렸다.

명백한 오산이었다.

—캬아아!

콰직—

어느새 다가온 영혼이 날카로운 이빨로 그라엠 황제의 팔
뚝을 깨물었다. 그라엠 황제는 팔뚝에서 느껴지는 고통에 이
맛살을 찌푸렸다.

"이건……."

“명계에 속한 영혼입니다. 공간 절단이라고 해서 만능은
아니군요.”

수많은 영혼들이 그라엠 황제를 향해 다가왔다.

그 모든 영혼이 모두 그라엠 황제를 노렸다. 카르가 부리는
흑마법 때문이었다.

“이 자식…….”

그라엠 황제가 손에 매달린 영혼을 뿌리쳤다. 그라엠 황제
의 팔뚝을 무느라 임의적으로 실체가 부여된 영혼이 멀리 날
아갔다.

“죽은 영혼에게 물어 뜯겨 죽으세요.”

카르의 손이 움직였다.

그와 동시에 수많은 영혼이 그라엠 황제를 덮쳤다.

“그전에 내가 널 죽일 것이다.”

그라엠 황제가 카르의 뒤로 돌아갔다.

신속히 휘둘러진 검이 카르의 등을 길게 베어내는 데 성공
했다.

촤악—!

카르의 등에서 피가 길게 튀었다. 그 충격으로 카르가 앞으
로 고꾸라졌다.

“아포피스 10장, 암흑왕.”

—우어어어!

거대한 아가리가 그라엠 황제를 덮쳤다.

그라엠 황제는 황급히 양팔을 뻗어 닫히려는 괴물의 아가
리를 저지했다.

"크윽!"

"후우, 안 늦어서 다행이군."

카르가 피가 흐르는 등을 매만지며 중얼거렸다. 생각보다
마법이 빨리 완성되었다.

"이건… 도대체 뭐냐."

그라엠 황제가 이를 악물었다. 조금이라도 힘을 빼면 괴물
의 아가리가 닫히고 그대로 먹혀 버릴 것만 같았다.

거대한 주둥이를 가지고 있는 거대한 생물체.

뼈밖에 남지 않은 것처럼 앙상하게 마른 체구에, 기다란
주둥이와 날카로운 이빨에 어울리지 않는 이족보행 생물
체.

무려 이십여 미터는 됨직한 괴물이었다. 본 적도, 들은 적
도 없는 괴이한 녀석이었다.

"암흑왕. 명계의 괴물로 영혼을 잡아먹고 사는 포식자입니
다."

명계. 그것은 사람이 죽어 돌아가는 사후세계였다.

선의를 베푼 사람은 천계로 간다는 말이 있지만, 카르는 믿
지 않았다.

악행을 베푼 사람이 마계로 가면 갔지, 천계로 가는 사람 따위는 없었다.

마계와 마찬가지로 명계에 또한 여러 괴물이 살았다.

암흑왕이 바로 그런 괴물들 중 하나였다. 마계의 케로베로스와 같은 등급의 괴물.

카르의 마법은 바로 그 괴물을 소환하는 마법이었다.

"명계의… 괴물?"

"마계의 케로베로스를 소환할까도 싶었는데, 공간 절단이라면 케로베로스도 베어버릴 것 같더군요. 그래서 명계의 괴물을 소환했습니다."

암흑왕은 명계의 괴물로 이 세계의 공간과 전혀 다른 공간에서 사는 존재다.

"아무래도 공간 절단이라는 그 기술, 베어낸 상대를 그대로 명계로 보내버리는 모양인데요?"

—크으으으으…….

암흑왕은 그라엠 황제가 자꾸만 발악하자 성대를 울리며 으르렁거렸다.

그러자 그라엠 황제를 압박하는 아가리에 힘이 더 바짝 들어갔다.

그라엠 황제는 그에 맞서 더욱더 팔에 힘을 줄 수밖에 없었다.

파지직—

카르의 주위로 수많은 뇌전의 창이 떠올랐다.

하나하나가 이전과는 비교도 되지 않는 위력을 지닌 창이었다.

"그대로 계세요."

파지직—

카르는 그라엠 황제가 암흑왕에게 잡아먹힐 때까지 기다릴 생각이 없었다.

기회가 닿으면 바로바로 끝장을 내야 하는 상대가 바로 그라엠 황제였다.

"이대로… 당할 성 싶으냐?"

그라엠 황제의 눈이 번뜩였다.

그러자 손가락 사이에 끼워 잡고 있던 그라엠 황제의 검이 허공으로 둥실 떠올랐다.

'오러로 검을?'

깜짝 놀란 카르가 황급히 뇌전의 창을 쏘았다. 그 순간 그라엠 황제의 검이 허공을 저었다.

콰아아아—

거대한 검압이 암흑왕의 입에서 터져 나왔다. 그 여파를 피하고자 카르가 황급히 자리를 피했다.

막강한 위력을 담은 뇌전의 창이 검압의 영향으로 그 자리에서 소멸했다.

카르는 잠시 자리를 피하고 마법을 준비하며 상황을 주시했다.

'어떻게 됐지?'

구구구구구구—

쿠웅—

암흑왕의 몸뚱이가 옆으로 쓰러졌다. 머리가 완전히 날아간 상태였다.

'그라엠 황제는?'

카르는 마나를 흘려보내 주위를 살폈다. 그라엠 황제가 어디로 사라졌는지 전혀 알 수 없었다.

"후욱—"

거친 숨소리.

카르의 눈이 부릅떠졌다. 동시에 카르의 주위를 단단한 막이 감쌌다.

채앵—!

콰악—

황급히 몸을 돌린 카르의 복부로 그라엠 황제의 검이 박혀들었다.

카르를 감싸고 있던 막이 깨어진 것이다.

"크윽."

“허억— 빌어먹을 방어막… 찌르니까 부서지기는 하는군. 허억—”

그라엠 황제가 거친 숨을 몰아쉬며 무섭게 웃었다.

단순히 휘두르는 것으로 막이 한 번에 깨어지지 않으니 힘을 한 점에 집중하는 찌르기로 막을 부순 것이다.

카르는 복부를 꿰뚫은 그라엠 황제의 검을 손으로 잡았다. 배에 검이 꽂힌 경험은 처음이었다.

“후욱— 그래, 이제 어떻게 죽여줄까? 크크큭. 아니, 그냥 죽여야겠군. 생각보다 넌… 훨씬 위험한 놈이니까.”

그라엠 황제의 눈에 번들거리는 살기가 흘렀다.

“그럼… 이만 죽어.”

그라엠 황제의 손에 힘이 들어갔다.

곧장 오러를 일으켜 카르의 내부를 엉망으로 만들어 버릴 심산. 하지만 그런 그라엠 황제의 속셈은 무산으로 돌아갔다.

“…어?”

“큭. 안 늦었군.”

촤악—

카르의 배에서 그라엠 황제의 검이 뽑혔다. 카르는 뒤로 털썩 주저앉으며 그라엠 황제를 바라봤다.

“하하… 죽는 줄 알았네.”

"이게… 어떻게 된 거냐."

그라엠 황제는 전혀 힘이 들어가지 않는 자신의 팔을 보며
물었다.

힘뿐만 아니라 오러도 전혀 끌어올릴 수 없었다.

"잊고 계셨습니까?"

스스스―

그라엠 황제의 뒤로 그림자가 떠올랐다. 그림자의 몸에서
불쑥 솟아난 칼날이 정확히 그라엠 황제의 복부에 꽂혀 있었
다.

그라엠 황제는 그림자를 확인하자 망연자실한 표정을 지
었다.

그러고 보니 까맣게 잊고 있었다.

'이런 실수를……'

그라엠 황제의 무릎이 꺾였다. 점점 몸에서 힘이 빠져나가
고 있었다.

"남의 등을 찌를 생각이셨으면 등을 찔릴 생각도 하셨어야
죠."

"크윽… 몸은 왜……."

"움직이지 않냐고요?"

카르가 후련한 표정으로 몸을 뉘었다.

배에서는 피가 흐르지만 다 끝났다는 생각 때문인지 그리

아프다는 느낌은 들지 않았다.

"흑마나와 오러의 충돌, 그리고 그림자가 가진 흑마나로 인한 중독.

게다가 그림자가 찌른 당신의 복부는 정확히 오러의 근원이 되는 곳이거든요."

오러의 근원이란 오러를 모아두는 부분을 말하는 것이었다.

검사들은 보통 복부에 있는 하나의 구에 오러를 뭉쳐 둔다.

마법사가 심장을 매개로 마법을 사용할 마나를 끌어 올리는 것과 같은 원리였다.

그림자가 찌른 복부가 바로 그런 역할이었다. 검사들에게 있어서는 심장과도 같은 부분이었다.

"독이 빠르게 퍼지는 것도, 오러를 끌어올리기가 힘든 것도, 다 그 때문입니다."

"크큭. 경솔했군."

"네. 경솔했습니다. 똑같이 배를 내어주면, 손해인 쪽은 당신이니까요."

카르의 상처는 치료하면 그만이다.

반면 그라엠 황제는 이제 더 이상 오러를 사용할 수 없었다. 아마 이대로 두면 폐인이 되거나 죽을지도 모른다.

물론 살아날 가능성이 아주 없는 것은 아니지만…….

"그림자."

우우웅—

그림자가 몸을 떨었다.

빨리 명령을 내려 달라는 말이었다.

"넌 다시 부를 일 없을 거다. 스승님이… 너 쓰지 말라고 하셨거든."

우우웅—

그림자가 불만스럽다는 듯이 울었다.

카르도 안다, 이제 그림자가 카르의 수명에 영향을 줄 일이 없다는 것을.

하지만 니르단의 유언이었다. 이번 일이 끝나면 다시 그림자를 부를 생각이 없었다.

"일단… 그라엠 황제부터 죽여. 불안해 죽겠다."

그림자가 알겠다는 듯 손을 뻗었다.

카르는 그림자를 믿고 그대로 눈을 감았다.

에필로그

마탑의 영지.

크란 왕국에서 떨어진 별개의 영지로 구름을 뚫을 듯이 솟아오른 거대한 마탑과 그 옆으로 부탑이 있는 영지다.

세기의 대마법사 카르가 있는 영지로 마법으로 무장한 기사단과 수많은 아카데미 마법사들이 살아가는 어느 곳에서도 볼 수 없는 독특한 영지.

마탑의 영주인 카르 혼자만으로도 어느 왕국 하나에 버금가는 전력을 가진 것으로 익히 알려진 거대 도시가 바로 마탑의 영지였다.

“야, 너 그 소식 들었어?”

부탑의 아카데미는 소란스러웠다.

새로 들어온 학생들 때문이었다. 마법 아카데미에 입학한 학생들은 마탑의 영주인 카르에 대한 소식으로 들떠 있었다.

마법 아카데미의 입학식은 마탑의 영지에 있어 그 어느 때보다 화려하고 빛이 날 수밖에 없는 기념일이라 할 수 있었다.

“이번 입학식에 말이야, 영주가 나올지도 모른대!”

아직 어린 귀족 소년의 중얼거림에 함께 모여 있던 귀족 소년 소녀들이 웅성거렸다.

“정말이야?”

“정말이야. 내가 분명 이 귀로 똑똑히 들었어. 그치, 레오나?”

귀족 소년의 물음에 레오나라는 이름의 귀족 소녀가 수줍게 답한다.

“응, 그렇다고 들었어.”

“우와! 출처가 어디야? 진짜면 대박이다!”

“그러게. 무려 대마법사잖아! 이 시대에 처음 나타난 최초의 마법사에, 단신으로 알파엔 제국을 막아낸 세기의 영웅!”

"킥킥. 마할, 그거 너무 과장이다. 어떻게 혼자 제국을 이겨? 과장된 소문이겠지."

소년과 소녀들은 그렇게 한자리에 모여 수다를 떨고 있었다.

주로 주제는 알파엔 제국을 홀로 상대한 대마법사 카르에 대한 무용담이었다.

진실과 거짓의 유무가 확실히 밝혀지지 않은 진실.

하지만 단 하나, 그가 없었다면 지금쯤 크란 왕국도, 페일 왕국도, 베르하 왕국도 존재하지 않았을 것만은 확실했다.

한 명의 소년은 시큰둥한 표정으로 탁자에 턱을 괴고 있었다.

마치 이 대화 자체에 관심이 없는 듯했다.

쨍그랑―

"까익!"

그때 누군가 황급히 지나가다가 탁자 위의 음료를 바닥에 쏟았다.

그러자 드레스의 밑자락에 음료를 묻힌 여성이 비명을 질렀다.

"아, 죄송합니다. 제가 좀 급한 일이 있어서……."

"이, 이거 어쩔 거예요? 이래서는 파티에 제대로 참석을 못하잖아요!"

　이제 갓 십대 중반이나 되었을 법한 어린 소녀였다.

　반면 근의 앞에서 사과를 하고 있는 사내는 스물은 넘었을 법한 청년의 얼굴이었다.

　최소한 신입생은 아니었다. 하지만 소녀는 자신의 드레스가 더럽혀졌다는 생각에 화가 나 청년에 대해 전혀 궁금해 하지 않았다.

　오로지 신경 쓰이는 것은 자신의 드레스가 더러워졌다는 사실 하나뿐.

　"제가 변상해 드리겠습니다. 드레스도 어떻게든 구해서……."

　"지금 제가 드레스 한 벌이 아까워서 이러는 줄 알아요? 신입생 입학식이고 눈도 많은데……."

　소녀가 눈을 부라리자 그 뒤에 서 있던 덩치 큰 체격의 남자가 앞으로 나섰다.

　갑옷은 입고 있지 않았지만 꽤나 화려한 검집을 차고 다니는 남자였다.

　"그쪽은 호위 기사쯤 되시나요?"

　남자는 대답하지 않았다. 무대꾸로 일관하자 청년은 곤란한 표정을 지었다.

　"아, 이거 바쁜데……."

“흥. 알프드 경, 혼쭐을 내줘요! 적어도 제가 창피를 당한 대가는 치러줘야죠.”

“알겠습니다.”

알프드라는 이름의 기사가 정중히 허리를 숙였다. 청년은 점점 난감한 기색으로 중얼거렸다.

“입학식부터 이게 뭐람……. 이래서 귀족들은…….”

스릉—

기어이 남자가 검을 뽑았다. 살기는 없었지만, 사지 중 한 군데쯤은 베어 버릴 요량으로 뽑은 검이었다.

“후우, 아가씨 이름이 뭡니까? 어느 가문 자제?”

“흥. 전 네피엘 공작가의 아이린이에요. 이제 당신이 얼마나 큰 죄를 저질렀는지 아시겠죠?”

“아, 크란 왕국의 네피엘 공작가…….”

청년이 이마를 탁 치며 하하 웃었다.

그 웃음에 소녀가 기분 나쁜 표정을 지었다.

“왜 웃으시죠?”

“이것 참, 인연 재밌네. 아이린이라… 그럼 그 꼬맹이 약혼녀가 너인가?”

“뭐, 뭐?”

아이린이 어이없다는 표정으로 되물었다. 갑자기 눈앞의 청년이 무슨 헛소리를 지껄이나 싶었다.

그때 아이린과 청년의 싸움을 구경하던 인파 속에서 한 명의 소년이 걸어왔다.

아이린과 비슷한 또래로 보이는 소년. 청년은 그 소년을 보며 손을 흔들었다.

"오랜만에 본다, 꼬맹이."

"아저씨도 건강하시네요. 한 일 년 만인가요?"

"그 정도 됐네. 그나저나 너도 마법 배우려고?"

"아뇨. 그냥 아바마마가 친구나 만들라고 보내주셨어요."

"그래, 레이엘 전하가 말씀 많으시더라. 너 좀 잘 봐달라고."

청년과 소년의 대화는 의미심장했다.

서로 잘 아는 사이인 듯싶더니 아바마마라느니 레이엘 전하라느니 하는 단어가 툭툭 튀어나왔다.

두 사람의 대화를 듣지 못한 사람은 없었다.

그리고 그중 크란 왕국 사람의 귀족도 있는 것은 당연했다.

"나… 저, 저 녀석 알아."

인파들 속에서 한 소년이 청년과 대화하고 있는 소년을 가리켰다.

"크란 왕국의 왕세자 아니야?"

“저, 정말? 크란 왕국의 왕세자?”

“그럼 왕세자랑 대화하고 있는 저 녀석은 뭐야? 왕세자에게 태연히 말을 놓는데?”

사람들이 수군거리기 시작했다.

크란 왕국의 왕세자의 등장과 그런 왕세자와 태연히 이야기를 주고받는 청년.

그중 사람들의 추측은 청년에 대해서였다.

그러자 아이린 또한 일이 이상하게 돌아간다는 것을 알 수 있었다.

“저, 전하……?”

아이린의 조용한 부름에 청년이 쯧쯧 혀를 찼다.

“저 귀족 꼬맹이, 인성이 글러먹었어. 내가 잘못을 하긴 했는데… 아무리 그래도 검까지 뽑네.”

“아저씨가 어떤 사람인지 안다면 이런 멍청한 짓은 하지 않았겠죠.”

“그런가? 그럼 차라리 이 자리에서 소개를 해버려야겠군.”

청년이 머플러를 꽉 졸라맸다.

어차피 주위로 대부분의 인파가 몰려들어 있었다.

이 자리에서 화끈하게 소개를 하는 것도 나쁘지 않다 싶었다.

주위의 많은 학생들을 둘러보며 청년이 손을 흔들었다.
"마탑의 영주, 카르라고 합니다."
열두 번째 입학식이었다.
"잘 부탁드립니다."

『마탑의 영주』 완결

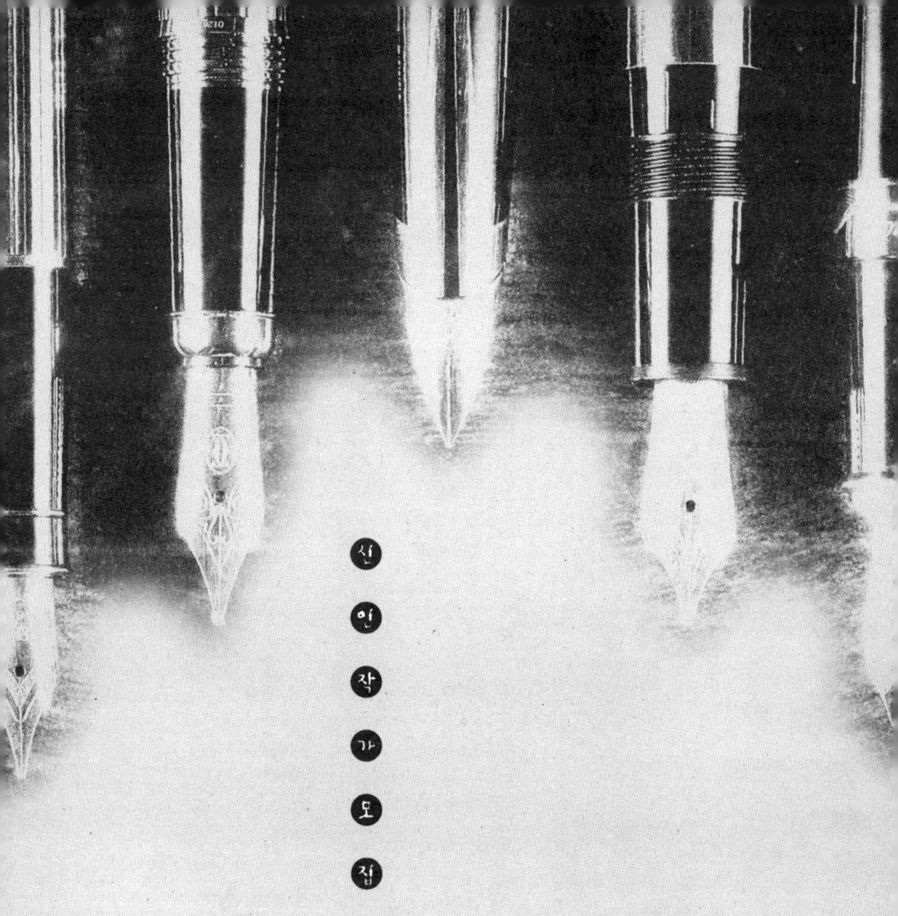
신
인
작
가
모
집

시작이 반이라고 했습니다.
작가의 길에 대한 보이지 않는 벽을 과감히 깨뜨리십시오!
청어람은 작가 지망생 여러분들의
멋진 방향타가 되어드리겠습니다.

저희 도서출판 청어람에서는
소설 신인 작가분들을 모집합니다.
판타지와 무협을 사랑하시는 분들의 많은 참여를 바랍니다.
소정의 원고(A4용지 150매)를 메일이나 우편으로 보내주시면
검토 후 출판 여부를 알려드리겠습니다.

주소:경기도 부천시 원미구 심곡2동 163-2 서경B/D 2F 우편번호 420-822
TEL:032-656-4452 · FAX:032-656-4453
http://www.chungeoram.com
e-mail:chungeoram@chungeoram.com

8월 말에 몰려오는 거대한 흐름!
세상을 보는 또 하나의 창!
이젠-북(ezenbook)!
클릭하세요!

오픈 할 때, 통큰 이벤트도 열립니다

세상을 보는 또 하나의 창-이젠북
ezenBOOK

유왕 퓨전 판타지 소설

최대 장르 사이트 문피아 선호작 베스트!
작가 유왕이 그려내고,
청어람이 펼쳐내는 신마법의 세계!

『마탑의 영주』

마법이 사라지고,
드래곤은 환상 속의 신화가 되어버린 세계.
누구도 그 흔적을 알지 못하는 세계.

"마법이 사라졌다고? 누가 그래? 내가 있는데!"

위대한 마법사이자 마지막 마법사인
스승의 진전을 이은 카르!
황폐해진 영지를 되찾고, 마법사들의 꿈인 마탑을 세워라!
세상에 오직 하나뿐인 새로운 마법의 시대를 여는
독보가 펼쳐진다!

TURNING POINT

홀로선별 장편 소설

영빈!
동정의 몸이 되어
20년 전으로 회귀하다!!

나이 서른아홉 모든 것을 잃고 한강 다리 위에 올랐다.
검푸르게 넘실거리는 깊은 물을 대면한 순간.

운.명.은 이루어졌다!

정령의 힘으로 결의한 지금
새로운 인생의 전환점을 넘어 미래가 펼쳐진다!

『터닝 포인트』

홀로선별 작가의 새로운 도전이 펼쳐진다!

LEGEND OF SWORD EMPEROR
검황전설
미르나래 판타지 장편 소설

2012년, 판타지가 또 한 번 깨어난다.
지금껏 보지 못한 격정과 치열함의 드라마!

『검황전설』

검의 극. 검이 태어나기 전의 장소.
그곳에 도달한 자를 '검의 황제'라 부른다.

괴롭힘 당하던 나약함을 벗고
치우천왕의 능력을 받아
오롯하게 검의 길을 향해 달려가는 아리안!

검의 극을 이룬 자, 검황이라 불릴
아리안이 이끄는 그 전설에서
눈을 떼지 말라!

Book Publishing CHUNGEORAM
WWW.chungeoram.com